U0750265

阳 光 诗 系

遥远的微物

张炜 著

黄河出版传媒集团

阳 光 出 版 社

图书在版编目（CIP）数据

遥远的微物 / 张炜著. -- 银川：阳光出版社，

2024. 6. -- (阳光诗系). -- ISBN 978-7-5525-7353

-4

Ⅰ. I227

中国国家版本馆CIP数据核字第2024JW9702号

阳光诗系·遥远的微物

张炜 著

责任编辑　李少敏
封面设计　鸿儒文轩 · 末末美书
责任印制　岳建宁

黄河出版传媒集团
阳 光 出 版 社　出版发行

出 版 人　薛文斌
地　　址　宁夏银川市北京东路139号出版大厦（750001）
网　　址　http://www.ygchbs.com
网上书店　http://shop129132959.taobao.com
电子信箱　yangguangchubanshe@163.com
邮购电话　0951-5047283
经　　销　全国新华书店
印刷装订　山东新华印务有限公司泰安分公司
印刷委托书号　（宁）0029855

开　　本　880 mm × 1230 mm　1/32
印　　张　7.875
字　　数　160千字
版　　次　2024年6月第1版
印　　次　2024年6月第1次印刷
书　　号　ISBN 978-7-5525-7353-4
定　　价　68.00元

版权所有　翻印必究

目 录
CONTENTS

第一辑

003 · 童话在哪里

004 · 瓦罐

008 · 遥远的微物

015 · 独酌

017 · 城堡

019 · 阁楼

021 · 蜂拥

025 · 空寂的喧嚣

028 · 开端

029 · 山后异人

038 · 我的第几时段

044 · 五位诗友

046 · 小水镇

第二辑

051・垂下的目光

053・大动物的烦恼

055・大甜杏

056・高原之友

057・古邸

072・观察势利眼是一种乐趣

077・海参鱼胶盅

078・海与树

081・洪流

083・狐狸之歌

084・紧握的黄豆

085・密友

087・伪叙事

第三辑

093 · 女子和数来宝

097 · 沙参

098 · 少年的果园

099 · 身后的火光

100 · 铄金术

104 · 松浦灰鹳

106 · 它们在等待

107 · 逃亡的烦琐

111 · 未知的造访

116 · 西岚子

133 · 想念夜班

134 · 小兔与蘑菇

136 · 紫檀消化器

139 · 续紫檀消化器

140 · 又遇老饕

142 · 渔火集

第四辑

151 · 夜泉

152 · 早晨

153 · 哲学大院

155 · 在路上

165 · 这里没有天空

167 · 足够的时间

168 · 爱琴海日落

附 录

234 · 学诗笔记

第一辑

童话在哪里

如果找不到，也不要责怪
那个地方就在咫尺天外
一片树林后面有一座小屋
铃兰旁边是碧绿的浅湖
少女和妖婆相聚的时候
王子骑马而来，事情紧急
阴谋在持续，但不能长久

我们不愿一直坐冷板凳
我们不愿旁观，希望恶魔
被一把无痛的长剑刺穿
那座小屋和湖实在遥远
伟大的计划难以落实
却让我们永无厌倦

2023 年 5 月

瓦 罐

1

在岛与林之间有沙滩
有碧蓝的水和童年的湾
有渔歌和白帆，有静流
有浅滩，有满月之夜
波涛的呼号和涨满

穿过这片神奇的大水
就能登上那个岛，捎给
岛上人家一些林中蘑菇

2

有一艘棕色的大船
来往于岛与林之间
南风让帆鼓胀的日子

人们手携篮子涌向码头，
大枣苹果早已装满

回程时带走鱼虾
还有一大堆好故事
一些五彩卵石，零零散散

3

岛上有个瓦罐姑娘
每天在石礁上捉蟹拾螺
穿素花衣服，辫子很长
她要换来一天的口粮
一大串葡萄和半瓶酒
打鱼人离不开酒，这是
最让他们垂涎的珍馐
去岛上就别忘杯中物
下船会看到岸边提罐人
在清风里微笑的姑娘

4

我有苹果，没有酒

还有一只刺猬和小兔
两个朝夕相处的小友
我们一起登船，一起畅游
我把所有果子交给她
她把三只大螺给了我

刺猬和小兔跳入瓦罐
太阳落山还不愿分手
最后我把它们留在岛上
下次乘船再把小友带走

5

五十年后，林子没了
岛还在，那片大水还在
那条帆船不在了，换成
一艘又大又笨的铁壳渡轮
岛上的海草房不见了
变成一幢幢瓦屋和高楼
礁石边是一些养殖网箱

我从石头街道穿过
在沙岸上久久彷徨

一只跌破的瓦罐旁

打破碗花开得正旺

2024 年 2 月

遥远的微物

白 链

一条白链闪烁跳跃
时隐时现，镀银剥落
江水托起平坦的月色
翘石如老人枯坐，夜雾
浅浅青苔，水溅生出
一朵小而又小的花
蕾中凝起一束紫光
投射出粉尘的颗粒
温煦洋溢，独自香馥

白练时远时近，荻叶如诉
远方的船和渔夫的手
粗掌银丝，奋力抛撒
一只大鸟缓缓降落
出水的是一颗黑珍珠

在掌中颤抖，低垂双眸

小　星

一片墨色，缝隙闪过眼睛
背影浅蓝，红裾和垂额
飞翔的双翼和抛下的石子
茫茫云絮广漠遥远
中间空旷可栽铃兰
风摇脆响，如同那颗小星
幽微，暗淡而又炽亮
它一直在那里，不曾离开
坐守午夜，直到凌晨

海上冷风掠过，岸边
两间狭窄的居室，一个
小巢，堆起书的山峦
重重叠叠无处下脚
迷宫一样的小径中
跑出一头驼羊，它与人
做顶额游戏，然后一起
趴在窗上寻找小星

小星一直低头沉思
读了太多书，夕阳故事
在小屋里飘扬消弭
有什么萌发了，离去了
就像空气升腾，没有痕迹
只有小星还在，与小屋
遥遥对视，彻夜长谈

静 息

针落在地上，万物静息
空白处没有一行字
留在边页，堆在
心的一角，变成一座塔
鸽子偎在一旁，等待
老人按时投放的籽粒
这是他和它的约定
食物日夜积聚和默许
让一只喙取走，一沓
存根簿，在深夜和晚暮
在时间的深处记下了
每天的饲喂和收支

一条船按时载来书
停留渠畔窗下，消失
如一滴水化进碧波
小船穿梭水巷，日夜周游
清晨五点的微风中
鸽子飞向幽暗的石壁
等待船犁开一道银迹

睡蚌

长睫合起，金色沙床
水波抚摸拍打，巡夜人
蹑手蹑脚，蹲下看它
一块有纹路的石头
鼻息若有若无，微颤
似有笑靥，缓缓伸出
宽裤下胖胖的手足
裤脚刚好过膝，面料绵软
适合酣睡的身躯

水草飘摇，银鱼出没
这些灵俏细小的使者
穿梭相告，多么欢乐

交织环绕，停留和悄语
声声呼唤，沉睡不醒

它有一个不为人知的
梦幻生成，它在哈欠
吹开一条沙线，微风
落在掌心，捧起来
沉甸甸，睡思朦胧

露　滴

老人清晨即起，用露滴
洗涤模糊的眼目，擦拭
心窗，俯身探望翠竹
一只橘色下颌的小鸟
绒衣丝滑裹紧身躯
送来一句欢快的稚语

它认识这个老人
熟悉他的一日三餐
一座苍黑的小屋里
有许多书和一盏灯
那个粗笨的蓝花杯

漂了一层浅浅的草叶
老人午夜上床，花被
一直拉到下颌那儿

笛 音

小羊遥望蓝色远山
胡须触动苦草，叶芒
飞出透明的小虫，翅声
铮铮如弦，咩咩和鸣
追逐那道闪亮的航线
一口气爬上高高的山巅
一只蝴蝶飞在前边

它站在重重山影下
等待那位牧羊人，他
吹奏竹笛，施展魔法
让它在乐声里蹦跳
不能停息，直到睡去

醒来后找不到自己
哭喊呼号，去溪边
看水中映出一脸泪滴

那里是一位小姑娘
它眨眼，她也眨眼

从此跟随这个男子
还有一群羊，日日游走
它听得懂它们的交谈
一起啃食草叶，饮用
一湾清流，满脸忧愁
它只想回到从前，它
恳求男子把竹笛吹奏

收获的季节，红叶满山
笛音响起，群羊止步
夕阳照亮无数笑脸
它随之跳跃，却寻不到
日思夜想的节拍

陌生紊乱的一曲
让它无法起舞，无法
找回从前的容颜

2024 年 2 月

独 酌

唯有独酌才称之为饮
真正的知味，并非
畅怀或轻啜或微醺
杯子不在，杯子在不远处
杯子在手边，在身后，在
一切可以取起的地方

这是一段孤单的时光
善与恶都不在身旁
没有丝毫援助和迁就
平淡，自处，从容，吟味
人与液体，与时间
他人的目光也是气味
注视就是投放，是共饮

酒的味道和色泽已改
酒的密守和窖藏已变

谁来看护和拥有，谁来
默默无声袖遮宝剑
平淡如常的依从和跟随
不事声张的一片温良
在所谓的公序良俗之间
一生一世拒绝酒殇

醉的不期而至，失去
醉的意义，昏非醉，醉
不是酌，酌是与自己
切磋和对垒，醉从来不是
目的，它将于混沌中切断
生命深处的大消息，只有
与星月对影，才有那场
传唱中的凌乱之舞

2024 年 3 月

城 堡

青色的剪影，晨光和暮雾
沉重的躯体正在等待
一个忧心忡忡的男人
他两手空空垂首而行
不期而至的云霞，马兰花开
春天不合时宜，水是深褐色
每次冰融的日子都有一些遗憾

它寂寞的时刻，谁来探问
谁将那束干花插向阁楼
那里有一只白底蓝釉瓷瓶
小圆桌旁边是蜷伏的深夜
海风从高窗吹入，来自七颗
明亮的光点，醒来默默等候

这里的一函信札早已泛黄
多少日子，化为流走的心情

兄长的庇护，中年的驿站
梳理花白的长发，打理
再次上路的行装，坐等黎明

2024 年 3 月

阁 楼

它在孤傲和清寂的高处
独居，无人照拂和光顾
是另一个我，我思绪的颗粒
我的比拟和驻守，是一寸
金色的光阴凝结之后
放置在一角，一隅

我看见它在深夜单手托颔
垂睫而思，在大海近旁
轻轻吸入远道而来的风
消化和保存船的消息
将涛涌和潮汐，和月亮的
多重故事留在心底，等待
另一半合而为一

这是更高更远的心，是
冷静的身躯内搏动的心

所有记忆都是美好和沉默
喧哗远离，它们无力攀援
它所在的高度，它此刻正
面向北方，俯视和持守

2024 年 1 月

蜂拥

1

谁承想风会糜烂，水的
锈色凝成一扑腥咸的颗粒
蒸馏出水银，坩埚里
煎熬和析出的时间，一只
蝙蝠从屋檐下掠过
在菊芋花下潜伏，等待
两个手挽草篮的乡村少年

他们猎获一条青斑毒鱼
冷目大睁，守候一个
许诺的族长，头戴水冠
直到最后还愤愤不平
声嘶力竭一遍遍呼喊

又一次飞翔，乳雾结冰

变成一片霰粒撒向河淤土
无色无臭的光束拥入
规则的六棱形，撕扯挤轧
蜷缩的小雏和化蝶的硬壳
破裂和践踏，嘶哑和滴落

箭镞从北方射来，轻如羽毛
扎入无从设防的一棵大树
躯干顿时枯槁，浓叶蔫垂
从此告别绿色的家族

窗子不再关合，形同虚设
房间远超负荷，空洞的心
无形的入侵者在数字蟒蛇的
鳞片下加速繁衍，一寸寸
开始纤维化，陈旧的棉絮
垂挂在出口和入口

一座窒息的建筑，一座实心的
木石堆成的隆起，无法接纳
孩子和老人，一些声音
塞紧的立方体什么都听不到
淤堵和梗阻每一条脉管

坏疽无法割取和疏通，叶片
干结变色，入睡者在昏沉

无数次检索，冷冷的刺刺的
信子频频伸出，辨识品咂
四野隐伏的消息和声响
细小的挪移和气味，危险的
趋近滑动，压过草芒，最后
致命一击，与世界永诀

2

风将虚位以待的空间填满
阴冷沉重的实体发出钝声
风在抚摸，寻找可乘之机
如同沙子流入地裂，填满
每一个小孔，将幼虫埋葬
不再透气，不再发出呻吟
它们假借风之名，它们不是风
是无所不在的酸性流汁

汽化的下半程格外轻盈
它们借助风，乘虚拟的马

飞奔和癫狂的身躯遍地驰骋
它们在恣意寻索，一击即中
大地上再也没有呼吸声
所有和衣而卧的生灵看不到
窗户上如期而至的黎明

一个轮回和一次使命，一种
不可逆转的命运，如同猛犸
转场，一幕和另一幕的中间
是史书忽略的烦琐细节
每一次都有风，风是一切

2023 年 6 月

空寂的喧嚣

声音的集束和分流，霾和雾
笼罩和袭扰，充斥和弥漫
潮汐涨起，满月升腾
寒冷灼烫，香息陈腐，刺鼻的
恶浊，铁锈与硫黄的围堵
轰然撞击耳膜的同时，对
眼神和心房，肌肤和嗅觉
分波次诱惑摧折，单一的善
淹没于合流的暴力和粗蛮

要存活就只能逃匿
隐入那个无可遁形的自己
那个柔弱而又坚韧的躯壳
一个已知的碳基有机体，一个
微笑和忧愤，厌烦和恼怒的
垂直站立的会移动的树，树冠
是生命的显示屏，是投射的

窗户，一切在这里标记和遮蔽

静谧的空间，无声的潮涌
交织奔流的心海激扬摇荡
水沫在耳畔停留，轻轻退去
一个声音强迫它平息，进入
长夜休眠，在快速旋动中
留下点点痕迹，然后飘逝
起风了，云气在山野汇聚
大地呼吸加剧，躁动不止

飓风的中心凝结为真空
引力让这里变得清明宁静
感知在此刻接受新的平衡
颤栗的船寻找重力场，舵手
关闭引擎，升起斑驳的风帆
筏子在悬浮中平稳向前
没有浪涛和水溅，没有倾斜的舷
船长不在舱内，他在甲板上吸烟

喧嚣终将来临，无可回避的
嘈杂与轰鸣，无形的推涌
耸起摧枯拉朽的巨隆

山崩于前，壑塌于后，淹没的
瞬间，来不及对视和分辨
在心渊和峰巅交错之地
在滚雷和闪电震裂的间隙
有一种特异的命名叫空寂

它生成了无望和悲凉，或者
它只是诱因和结果，或者
它是超然洞彻的自由之树
在自我中缓慢而坚毅地生成
多么寂寞的独处和彷徨
孤单的远行和停滞，此地
只有星空的映照，只有一片
上苍投放的点点微光

2024 年 3 月

开　端

每一个开端都很怪异
开始的钟声由谁发明
编织出无形无影的屏风
透过毛玻璃的光色
有什么悄悄飞扬，有什么
在充填轻浮的浑茫

垂丝茉莉在下月开放
温室里备好一场庆典
一些庄重的老者出门了
去各自不同的房间站立
说几句老旧的吉祥话
问候和祝福，享用一杯
昂贵的假酒，眩晕不适
绝少抱怨，所有的日子
都由大小仪式连缀和标记

2024 年 1 月

山后异人

1

披发长须，默守石庵
手指粗硬如铁钎
午夜茶沸，酒热人呆
窗口凉风吹尽野气，艾香
熏遍山梁，鸟落星稀
无字书旁摆放一颗石髓

2

一杯土酒去岁酿成
窖中封存蜜饯数瓶
远客还在山后，登上坡路
陪伴者是见怪不怪的妖精
依稀记得一些古训
它们让自由人洗白双鬓

3

惦念一个活泼的小物
凌晨时分神情楚楚
衾寒枕冷可知否，昨日
长叙之情灸心头
窗下蛐蛐悲从中来
故乡的声音令人断魂

4

曾念想拥有一把宝剑
削铁如泥，颜色如同
起伏的岩岗和萋萋草芒
雾起云消野水石坳
枯巢里养了一只知更鸟
草浪中慢行一个老饕

5

巨贪之胃和永不餍足的心
百年只是短暂的流连
寻一处僻地种植罂粟

膜拜古树共同修炼

细肠小路攀向山后，在

柞木丛中消失，奔向流泉

6

爬满绿叶的石墙印迹

壁虎来往，互通有无，言语

传递密织，响起一片忙音

山壑中渐次隐去，翻越

无边雾霭，混而为一

胸廓被心跳狠狠敲击

7

没人为老者剃度，没人

在灶前煮一锅糙米，揩去

衣襟上的汤迹和泪水

磨镰声声粗粝，铁与石

在脾气暴躁的时刻对呛

岁月就在阴影里走去

8

究竟缘何来到今朝

一抹橘红落向沙砾

浅灰色的岩粒与棕黄的溪沙

掺杂紫红的朱砂，捡取

一些晶莹的颗粒放入掌心

向沉寂的方位发出问候

9

熟悉的走开，围拢的全是

生鲜逼人的面孔，小鹌鹑脸

闪烁纯洁的生命之光

那条摇动的山兔尾巴

将感念和心意携入南风

一切都在上空，在高翔的视野中

10

背夹里的石头和山菊在一起

堆砌和松散的欲念交织

额头的横皱与竖纹交成十字

悲伤和欢愉凝成睫上露滴
茧花层叠的双手抚摸胸部
按住沉着的阵阵远雷

11

仓鼠第十二次拜访寒暄
日历翻开石头纪年
这里有草籽更有米谷
从容准备一场浩繁的酒筵
柞树装饰厅堂，阔叶枫
绘制一批华美的请柬

12

目色生倔的老友来石屋
看住一杯常饮常空的浊酒
浅了深了，倾注者无声无息
心语隐入透明的山风
淡淡脚步清晰可辨
记忆如昨，走得并不遥远

13

老山魈的慷慨令人感动
它容忍一些罪不可赦者
在此地修筑小窝，苟延残喘
发出呼噜和梦呓
忙碌的生死只送不还
或显或隐的情爱正在泛滥

14

谁在默默相伴，谁在
吐露一腔热望和真言
聪明绝顶的人躲在一隅
啜饮一杯甜醪，两手颤颤
握住清闲侥幸的把柄
渴望轻如鸿毛的永生

15

所有的辛劳只为对坐
茫茫光阴凝为一刻
该来的必定会来，该走的

难以挨过寂静的午夜
这里没有村落的炊烟和吠声
这里只有巡行的粼粼天车

16

年迈的狐狸是珍贵的客人
拐腿印证了山地的慈悲
一双默许的眼睛看过来
扫过一棵枯老的杨树
抚摸空中转动的年轮
以茶为酒，久违的老友

17

词语磨成卵石，没有
尖棱和粗粝，圆润光滑
过往者不吝相赠的礼物
被一只聪明的大鸟衔走
填到瓶子里，浅水溢满
一解焦渴，浇灭心火

18

哑口者找不到一枚石头

那是击打和迸溅的开裂

电光和雷霆的杰作

飞掷的生命就此破碎

炽热和呼喊分离的一瞬

留下坚硬的截面和锐利的锋刃

19

此刻散落无声的巨响

雨洗沙粒，风落草场

秋天是夏天之后又一个

掩口的季节，等待严厉的

北疆洗劫的危厄

哈气成冰的日子已经逼近

20

枣叶当茶，溪水入罐

等待折断的枝柯戳破草顶

雪兔正在远山驰走，携带

大洋彼岸的一个大消息
星夜疾风日夜传递
一条邮轮在巨浪中倾覆

21

最后的兄弟就此别过
山下硕果仅存，一切的一
谁来告诉一点怪癖和行迹
没有，只有现在，一切的一
只有再常见不过的煎熬
小小一杯苦涩和清寂

22

凝固的巨涌无法通航
山地望不到一叶白帆
船长和烟斗是个传说
只有世外没有桃源
暮色里一只遥望的花鹿
一双美目将沧桑看穿

2023 年 11 月至 12 月

我的第几时段

诗歌小组

记得是落魄的五个
激昂的愤愤不平的五个
集合起缥缈的志向
找来不敢确定的范本

背时的榜样和倒霉的人
在冷肃的年代相遇
抚摸与无望的亲近
像投入清新的溪水

长卷书

关于林子的不幸
杜撰的残酷故事
在群蚊的纠缠中记下

一个个著述之梦

白发老者怜惜的目光
看一沓厚重的纸页
说它太大了，大而无当
比一本书长，比两本书短

果园诗章

世上最甜美的园林
悲伤者的逃匿之所
这里该有一支歌谣
由天才的少年吟唱

那是一生最整齐的韵脚
闪烁明亮的光芒
它蓄满甘甜的汁水
如同十七岁的心房

嗅墨香

霞光落在封面上
恍若南瓜的纹路

比地上的任何硕果更香
我深深吸入肺腑
我久久埋下脸庞

该是它飞来的日子
我一遍遍遥望南方
大雁一会儿排成一字
转眼又变成人字模样

在葡萄园里

雨夜属于这座绿园
甜蜜的果实，北方的
王子居住的一座碧峦
谁也不能剥夺的时光
伏案的身影美轮美奂

就在这里倾听和吟哦
心中的葡萄藤，无尽的
甘泉在涌流，无边的
梦想在编织，叶缘的

齿形小心走动一个生命

探望和问候，担心割伤
一副稚嫩的身躯
缓缓踏向纸田垄

兰台深处

在漆黑的丛林中摸索
幽暗的灯光，脚步淹没
卷宗的山岭，后面有
隐约之声，消失，重现

打开残页，一截干茎脱落
破碎的小花是淡红色
蜿蜒的绛痕无声爬过
浅褐发丝在皱褶中蜷缩

浓浓的夜海和小舟
星辰从依稀光年流过
呼啸而去的喧声和马蹄
硫黄的刺鼻气味

悬空的开始

没有重量的悬置，没有
边缘的时空，踩踏时
跌落的虚惊，却无法
躺平，无法在窗前探究

从未有过的失落与自由
在陌生的世界奔走
一间冒险投入的囚室
无比阔大又无比窄囿

谁来这里共度，或者
何时从深处出走，何时
听到一声问候，看到
旅途上的山峦和田畴

厅与光

棕色的雕饰和华丽的壁灯
奇异的光泽，肃穆的人影
微笑和节制的咳声
伸来的手臂和束起的锦带

离海边丛林太过遥远
那头花鹿在喘息，盯视
少年额头的汗湿上方
沉重而浓密的漆发

像潮水般涨满，缓缓
消退，月圆之夜的激越
让小船无法入港
尽管泊位如此宽敞

2022 年 10 月

五位诗友

1972 年秋天的雨好冷
浇泼洗涤，日夜不停
寒风从窗上挤入，没有
多余的声音，没有晴的可能
雨后的日子还长，五位
头发蓬乱的少年结为诗友

五十年后的冬天，海滨墓园
一位老人头戴黑绒帽
送来颤抖的声音，双手
欲伸又缩，最终下定决心
时光让一切蒙尘，难以相认
唯有青春的诗句常吟常新
他是五人中的兄长，发稀
齿落，满脸深皱，相互拥紧

还有三位诗友，两位远行

另一位是矿山掘进工
分别的日月充满艰辛
可是没人遗落诗的消息
他们知道有人还在苦吟

2020 年 9 月

小水镇

1

真正的异乡在风的尽头
在陌生的街巷拐弯处
人在气流中一路跟随
不知不觉走到了远途
从沙子走到水中，走到
石头垒起的渠岸，木屋前
盯住芭蕉看个不休
桨声时远时近，让人
中途迷路，难以回返

2

一丛丛目光湿润了天空
米酒和煎糕隔断乡音
只有坐船才能抵达深巷

那些日常的老人，不再
出门演戏和帮腔，只等
脂粉气的孩子回家上床
他们喜欢听北方故事
一辈子没有离开水乡

3

有人觉得小镇好玩，像
对待一副扑克牌，重洗
换十几种打法，只为赢
他们把古老的石阶木屋
趁深夜偷走，不再交还
这里以后要按套路出牌
谁出错了牌就要罚酒

4

每一天都是节日，剧场
太大，要以小镇做布景
各种闲人寻找演出机会
吃小店喝老酒，在窄巷
深夜游走，把鞋底磨穿

早晨好败兴，心灰意懒
一些人走了，一些人又来
他们两眼雪亮，要大干一场

2023 年 2 月

第二辑

垂下的目光

它蠕动的痕迹很长，停下
在青杨叶子背面停留，沉思
模样引人爱恋，不知驻足多久
它丈量世界的方式与速度
无法想象，它的耐心足够

从树柢攀爬的一路耗时太久
弓起的身躯再次伸展，跋涉
只有半厘米，大树却有五十尺
这是一场漫长的探险之旅
穿过广漠，翻越多少悬崖峭壁

还有无边的莽林与深壑，长河
谁的瀑布和云海，天空，谁的
王国和边疆，花园荒漠，谁的
高耸的楼阁和辉煌的王座

这微小的移动是时光之尺
它的刻度陌生而又精密

2021 年 4 月

大动物的烦恼

大动物都有一副平静的外表
大动物都有未知的烦恼
它们的体重决定了自己的仪表
伫立远望的头颅和悲悯的神情
雍容和专注，漫不经心和慈祥

地平线加重了额头的竖纹
脚下的沙子让其更加沉稳
朝霞的斑斓散发出水的味道
山的轮廓坠得下巴阵阵低沉
趾绒和胡须每个月打理一次

与石头的友谊长达两个世纪
与大平原是世交，不离不弃
橡树结为兄弟，倚在上面小憩
相约探望懒卧不起的高岭
去年春天刚害过一场疟疾

蚊子和蜱虫让趾隙和耳朵好痒
这些卑微之物被鼻息涤荡
瞬间又钻入腋下，爬上面颊和
眼睫，掰开丛林毛发，搭起帐篷
竖起一座小而又小的钻塔

在雷电和暴雨中缓缓前行
每一寸肌肤都得到洗刷
伴随清洁仪式的是巨大轰隆
还有通天的照明和宏阔的浴场
雨后彩虹当空，周身舒适轻松

2024 年 3 月

大甜杏

一张张红脸隐隐顾盼，藏在
丛丛绿叶后面，自我羞惭
日夜积蓄蜜糖，筑起
无形的六边形小巢，然后
日复一日储藏，满溢的
幸福，让肌肤闪烁霞光

夜晚的温煦与浑茫
给少年跃跃欲试的胆量
绕过看园人暗堡似的泥房
躲开他们架起的老枪

贴上鼻孔，深深吸入
令人眩晕的芬芳

2023 年 12 月

高原之友

破衣烂衫的故人
陌生惶恐的眼睛
不看近在咫尺的
手和盐，面包和水

车鸣如同滚雷，玻璃
散落一地，刺眼尖利
铁蹄踏上怯懦的路
来回震荡，突兀静寂

连绵的黄土和裸山
矮小的草寮和稀落的炊烟
豚鼠忙碌生存的艰难
铁硬的双脚和干裂的脸

不会忘记那个下午
那一年和那一天

2023 年 5 月

古 邸

1

户枢不蠹，北风推开
吱呀作响的一片幽深
透明的脚惹起尘埃，混合
无色的檀香和一丝辛辣
无数小生灵赶紧逃逸
一百年前的那只黑斑蝶
叮在门楣，迷恋木头雕花
一条长廊是硬化的食管
无力吞咽时间的逝水
空洞的老窗和石井
每一双眼睛都生满白翳
视而不见的毛玻璃挂满泪痕
干结的苔衣等待浇湿

2

幽灵躲入瓦松，从高处
看透明的手摇动竹丛，卵石上
睡着难以计数的游魂
它们爬起来，款款咚咚
年久失修的路这么多坑洼
它们相互抱怨，话说当年
伟岸的先生其实是个小矮人
阔大的墨海不过是一只陶盆
大故事都盛在窄小的木格里
丝帘后面有隐隐的呻吟

3

沙漏和日晷每天例行公事
不管不问那个捯气的老人
蜷在一团乱麻里作茧
即将成蛹的关键时刻
蹿来一头夹起尾巴的苍狼
最后一程的故事都差不多
假惺惺的永诀和松弛的
叹息，装模作样和无尽哀伤

黄花和小叶青杨悉数覆盖
黄鼬的荒园来了一只狗獾
一位偶过此地的算命先生

4

散发膻味的衣装塞入木箱
破碎的石雕用来铺路
戒指和银杯被守夜人袖走
巫师预言灾星降临之日
庆典如期举行，大雨和豪宴
长廊上摆放一溜银亮的锡兵
整个天空和瓦片都写上姓名
在金箔封册上刻记工整

5

没人在意巡夜人擎起烛火
跳跃的石板跌落梆子
一记重锤落向毛茸茸的小雏
染血的窝被一起端走
来年春风依旧，玉兰又开
醉汉呕吐起来如同往昔

只有北海冰坨迟迟不愿破碎
音讯堵塞道路，快马
被强梁劫持到大山后背

6

垃圾时间十分漫长，老树
轰然倒塌，扯断纠缠的藤蔓
小鸺鹠和滚刀肉抱头鼠窜
好在娃娃的朝天锥和小手
最终打开了欢乐的开关
四蹄小兽不再谦虚
伪装的石狮子咧嘴大笑
灯火由近而远，诵经人走了

7

该离去的终要四散净尽
吸附的水蛭从女子腿上脱落
夜里梦到一群人趁火打劫
挨近的豺狗狰狞而又淫荡
到处是不可道人的胳肢和笑
直到风度翩翩的公子归来

浑身湿寒端起咖啡，用

三两句洋语打起哑谜

在目无下尘的洼地上撕扯

猛烈的兽性终于爆发了

最小的丫鬟发胖，容光焕发

以小人之心度君子之腹

庄严肃穆的厅堂掀翻供桌

8

自制熏香的辣气和甜息中

双下巴女人哈欠不已

后院的紫丁香依次开放

打裹腿的黑衣人从北海潜回

胸口那儿藏了密件，怀表链

牵出一只大肚蝈蝈

吐出一串蝇头小楷

上面写满辫子军的消息

北方的纵火者烧毁雕梁画栋

灼热化为麦浪滚滚而来

再高的山也挡不住夏日炎炎

9

旗袍开衩太高，华丽的凶物
把可怕的前车之鉴印上额头
快快醒来吧，换上粗衣短打
学一下乡间老妈妈的模样
强忍眼泪打理后事
日月总得赓续，做人总得苟活
那个杰出的小人儿德高望重
整夜赌博兴致勃勃
窃取老板裘衣还是未成年
有人给这些故事镶了金边
再给他系上蝴蝶结
披戴碎花绸衣和水獭帽

10

寻觅一个高头大马的雌物
她骑骆驼而来，头插羽毛
染金色眼睫，阔嘴洋烟
传说是流沙旱地的望族长女
祖上出过三个酋长一个国王
最不起眼的还是皮货商

她打嗝的声音让人受不了
排出的气体熏跑蟑螂
从此日夜颠倒，驴骡乱交
无为而治的庭院叫声昂昂

11

唯有那个沉着的小人儿
唇须打蜡，抽一口古巴雪茄
每日梳理中分头，出门时
镶钻的金手杖戳戳点点
夫妇俩出去遛弯了，骑马
在大鸟呼号的河边支起帐篷
在四野熏蒸中孕育一个小雏
这种事水到渠成，成了
黏糊糊的小东西诞生，滴水成冰
呼啸的北风压不住豪迈哭声

12

强壮的子嗣发出预告
我来了，祖传铭器捣为齑粉
打开井然有序的马棚

塞满弱不禁风的小姐
半夜把她们摇醒，喂冰激凌
西洋舶来的小罐里有什么
抹进嘴里，一个个都笑了
仙桃罐头吃久了有血腥味
账房先生露出狐狸尾巴

13

诲淫诲盗的家伙不是好鸟
一声口令把人拿下，绑上刺荆
焚烧契约，挖出坛子
万事周备却大失所望
那个杀人不眨眼的家伙逃了
各路宾客再次踏上红毯
芭蕉下的石鼓放上蒲团
黄衣长老的秃脑泛起油光
日夜诵经，分坐两厢
古老游戏没完没了
轮番上演，一场刚完，一场接上
老东家在哪里，老东家闭眼了
拉长一副令人生畏的驴脸

14

往事不堪回首，峥嵘岁月
没有一副大手笔敢踏此地
凭一部报告文学吃得满嘴流油
一切要等到焚香净身之后
让庄敬的仪式远离污垢
黎明前，那道血色山峦发出
若有若无的喘息，最后
变成野猪一样粗吼，獠牙
挑破薄薄的鱼肚白
新的一页就此翻开

15

谁来打扫一地狼藉
谁来收拾破碎的心灵
狂风堵塞大路，尖顶楼阁
没有上苍的惠顾和抚摸
檐下小雏张开一溜黄口
无论泣哭还是歌唱，无论
多么隆重的庆典和造访
都是转瞬即逝空忙一场

16

那只无心插柳的刺猬

脚步缓缓，一如既往的憨态

压斜一架沉默的天平

神灵以万物为刍狗

大盗和天使一起化为逝水

那个戴眼镜的哲人整天扯淡

他和兄妹们没吃过一丝

该吃的苦头，混了一辈子

躲在家里写无聊的格言

17

古老的砖石无辜而又坚硬

只有它们才耐得住折腾

脚下的岩板辙痕纵横

时间的折叠和碾压，神圣的

岁月淹入无色无臭的风中

趁着一只手还能抓住梳子

好好打理稀疏的头发，穿上礼服

裹好遮羞布，出门大啖一顿

度过聊胜于无的一天

18

这条廊太长太深太幽暗
这颗心太大太躁太慌乱
其实全是见怪不怪的野心
是在荒野上追逐花鹿
拼死一挣赌命野合

一了百了不知羞耻之心
迈入蚁穴般阴郁的宫殿
煞有介事高高端坐，接受
俸禄，总是难忘当年的撕裂
就此一发而不可收，以这
毫无廉耻的打磨换取苟活

19

不必憎恨先来后到的劫匪
他们全都一样，一副德性
赤身裸体惨不忍睹，垂着
一条真丝领带，学洋人使用刀叉
像古代雅士那样举袂对饮
丧心病狂的躯体内
跳动一颗少年的心，中年的胆

直到排异反应让其一命呜呼

20

在鬣狗穿行的荒甸上，装潢师
享受最高礼遇，得意洋洋
被尿臊浸黄的大勋章
像狗链一样挂上脖颈，腰
弓得很弯，膝骨早已磨亮
听到吱呀作响了，塌架了
快乐的鼹鼠毫无惊慌
它们听到的是果壳跌落
美丽的开裂声，化入泥土前
被一张小嘴轻轻咬住，拖向
温暖的小窝中慢慢分享

21

经历无数沧海桑田
仍旧需要文墨伺候
一个眉头紧蹙的史官
浓缩的尺牍和榆木案
戒尺和手卷，频频起夜的尿壶

满头花发和一对枯眼
自诩时代的书童，甚至
不畏生死大义凛然
披枷戴锁，把牢底坐穿

22

上苍不悦，认为太过烦琐
觉得老实人玩笑开大了
初春的风信子适时而绽
娇弱的蓓蕾岂能视而不见
小姑娘头戴缏帽，腮红如胭
少年眸子闪亮，笑容灿烂
河中有水，水中有船，莎草
长在卵石和苇岸边，百灵
高翔蓝天歌声不倦

23

在脏腻的宫闱待得太久
肺叶吸饱虫卵和污垢
密不透风的砖墙和实木门
为遮去阉人小解，熏香

把墙壁和垂帘染得蜡黄
缝隙中的白驹已然怠倦
老东家玩火而不自焚
苟延残喘，瞪大一双
阅尽春色的浮肿之眼

24

快去坚冰上抽陀螺吧
时间在那里溅出水声
欢跳的小狗撞破圣坛
顽皮的豁牙老太喜欢荤腥
大雁周而复始，冬去春来
伤情的泪水多么妩妍，记得
那多雨的双眸和锃亮的脸庞
幸好还有时间交换木瓜
撬开一个最大最甜的榴莲
三月和八月的扬州啊，曾记否
翠竹曲水，美食迷人
夜晚像青春一样短暂

25

在烈风中长大的孩子
抹去流不完的鼻涕
握住未能穷尽的时光
手扯手傻笑和遗忘
不管来路如何漫长
只管锦衣夜行，信马由缰
行至溪水，听云雀歌唱

2023 年 11 月至 2024 年 1 月

观察势利眼是一种乐趣

疲惫拒绝长长的铁轨

厌烦回避无数的聚会

认真而周到地走向无聊

如数打发无奈的欲望，领取

一只透明的空杯，一把锹

翻动轮番种植的河潮土

播下一棵注定枯萎的玉米

飞快衰老的少年意兴阑珊

讲述令人难耐的老故事

用无齿梳打理满头银丝

机灵的眼睛盯住石头

等待它流出清冽的山泉

一些人围过来，按住绒布

上面摆放入窑前的陶碗

总会有一个重要的时刻

遥遥莫测却不容错过
为这一滴苦涩的水倾入
一个细长干瘪的杯口
手臂伸长再伸长，肘部挡住
簇拥的枝丫和纠缠的藤须
湿苔窜过小蜥，进入裤脚
不可忍受的瘙痒令人抓狂

在长至五秒的微小光阴里
机会像稍纵即逝的柳绒鸟
无数的手伸入黄绿垂丝
捕捉匆匆蹿跳的一对蹄爪
千呵万护的柔肠细语
歃血般的豪言和信誓旦旦
沉重的日晷不留痕迹
这一霎忽略不计，实在太短

安静的黍夜里水仙开放
在花粉柱头旁孤芳自赏
宁静的厅堂走来一头大象
香象渡河，水在何方
干燥的世界寻觅垂针之声
没人告知，不必匆忙

可爱的囚徒不事声张
说一声有光，光就有了

安然无为的时刻升起月亮
托庞专注于一扇雕花木窗
多么精致的一座小水城
滋润出几个不大不小的人物
他们都是匆匆过客
等待多汁的蜜糖荔枝
想起日啖三百颗的家伙

炫目的灯光和逼人的喧哗
无数拥挤的汗湿脸颊
红苹果在哪儿，秀色可餐
记忆中或近在眼前的佳丽
一个个全都冒烟了，燃烧中
是迟早要来的干瘪和枯萎
他的疼怜已无必要，他是
淳朴之地长起的一棵树苗

那些抓狂的丛林有一只
遗忘了时光的苍凉之手
在角落，在幽暗的光影里

有安坐如初的几个冷人
视而不见，自酌自饮
品味这杯淡淡的白水
想起夏风吹来的一刻
如同波涌般荡动的麦穗

一双杏核眼因急切而变形
频频捣来的拳头打个实惠
啊，痛楚如水纹般扩散
波及祖居地的老屋和井
那浇灌童年之花的清澈
树泉汇集多少怜惜之泪
呼号嘈杂中掠过的风
将一切痕迹揩掉抹平

庆幸的心情结出疤痕
这一夜终将过去，如雾
漫过亿万年的山崖坡岭
水会干涸，崖草山花
接受秋霜冬雪和春天
如果没有下一个季节，没有
如期而至的暖阳，小生灵
会怎样痛楚愁伤

这里是一枝一叶一草
是转瞬即逝的繁茂枯荣

静谧的夜色在窗棂驻守
书写微小而又密挤的春秋
远离吧，无眠之夜，小水城
交织涌流的渠网
一声祈祷的希冀和宽慰
他乡与故乡，今夕与未来
悲悯无边的幽暗与含蓄
安抚无处不在的哀伤

2023 年 11 月

海参鱼胶盅

没有什么比海洋更阔大
没有哪里比它更能收纳
大鲸走过的广场上
有一个杯盏留下，等待
聪慧的宫女把它拾取
回头献给榻上的老人

他奄奄一息，双目紧闭
纤手扳开青色僵唇
只能灌入不能啜饮
黏汁散发牧场的野气
裸土浇出青萌的消息
终有一声轻叹吐露

2023 年 6 月

海与树

海离开树，变得空寂和荒凉
只有白沙碧水，远来的风
树离开海，就成为流浪者
在荒原一角，在偏僻的
异乡遥望，独自神伤，回忆
闲适优雅的时光，消息闭塞
没有远洋大船来来往往

树与大山平原河流在一起
会有迥然不同的故事传唱
树与海为邻的日子最风光
大片的蓝色和绿色接壤
船帆和海港，大檐帽
白制服和黄色肩章，太阳帽
望远镜和穿花裙子的女人
来林中野餐，搭起帐篷

夏风徐徐的夜晚，汽笛声
与闪亮的灯塔交相辉映
海上眨眼睛的事树看不懂
那是一种密语，是地下恋情
船上的人，游客和水手
比地上的人更加火热
他们激情似火，热火朝天
周末登陆，整片树林都要被淹没

树喜欢热烈的人，它们好客
树爱听大洋故事，迷恋传说
在大水连天的另一端，有一片
白色沙滩椅，躺满半裸的人
一个个通身黢黑，油滋滋
抽烟喝酒，万事不走心
这些人又懒又有钱，二者
牵手向前，勤奋等于贫寒
人太累就没有心思赚钱

树与山在一起，常见猎人和
牧羊人，还有采药砍柴人
他们个个朴实，都是穷乡邻
猎人打了一只兔子，血淋淋

树在前一天还和兔子亲近
看它长长的胡须和棕色瞳仁
砍柴人看着树，狠狠挥刀
斩除条条枝丫，为它留下
斑斑伤痕，整夜呻吟

树籽由大鸟从海边衔来
它只想回到原地，它想念母亲

2022 年 3 月

洪 流

我们惊叹巨流汹涌，无敌的
力量和裹卷，摧枯拉朽
江河与山洪，崩啸的海
奔马嘶鸣和挥舞刀剑
暴民和熊熊燃烧的山峦

当一切平息，日常的风
吹拂绿色，阳光在屋顶和
脸庞停留，清寂的大街
蔚蓝的天空，不再记得
那些激扬怒吼的时刻
忘记它们的藏身之所
它们从哪里聚集和出动
汇成恐惧陌生的滚滚洪流
一次又一次奔袭涤荡

浅浅的意识流在深夜

拍击沙岸，溅出屑沫
在月光下变成一条银练
直到潮汐涨满，冲决堤坝
意念的洪流是生命的
太阳风，无敌的紫外线
只有磁场在奋力迎战

每个生命都在炽燃，都是
一座隐伏的核反应堆
蕴藏无以估测的能量
裂变之前无比平凡，原子
微缩密锁的世界，宇宙
不向肉体凡胎的自我敞开

剧烈的旋转和冲撞，呼号的
陨石雨绘出生命全息
一粒沙，一个人，一个
微笑、热爱、繁衍的人

2024 年 2 月

狐狸之歌

以独有的碎步走过荒岚
以天真的神情看过沙原
研究过世界三大悲剧
从猎人口中得知大不列颠
人有人的奇迹，毛皮族
我等出过最多的灵仙

盛装打扮的皮货商
出手阔绰娶过三房
他做梦也想不到死于沉船
那时候我在树上把歌唱
摇动枝丫的小手细又长
尖尖的指甲闪闪亮

2023 年 12 月

紧握的黄豆

苍白光润的额头让人嫉妒
精致的鼻翼和长长的睫毛
紧抿的双唇，远方的少年
走进村落的田畴和正午
那个紧紧攥起的巴掌
那只握住了诱惑的拳头

无数目光要将它撬开
或使用暴力撕扭硬拽
只有一个老汉对少年微笑
目送他走远，登上土台

少年独自垂目，大口喘息
展开不愿分享的隐秘
掌心里是一颗汗湿的黄豆

2024 年 1 月

密 友

在一个角落，一处冥想的
风口之侧，听大自然无穷
无尽的音乐从头诉说
一棵树在谛听，收获
琐碎惊人的细节，消息
在黑夜里流转，怜惜时间

记忆的空地上有一丛绿色
一束花在冷肃中沉默
背向一个胆怯的少年
你的头发好生爽滑，你
浓密的长发从双肩垂下
就像一匹火红色的马

前边是徐徐展开的春天
蜿蜒的渠水和一树梨花

沙哑的低语像一架破风琴

等待一只手过来按键

2023 年 4 月

伪叙事

所言皆弦外之音，音包容所有
所有音在弦外奔流，袅袅或低垂
深入地心或飞逝天外，翱翔中
返回心房，进入眼睛，化为心语
而后告别，从笔端和手
再次放飞，从腔腭找到出口
落上一张纸，以蹩脚的歌谣
被古人丢弃的铿锵音调，来一次
勉为其难的尝试，要说的话
比任何一个时刻都多，数字储存
云空间，都难以容纳，拥挤的
事件与诠释方法，一次次穷尽

坐以待毙的人只好言不由衷
以无言或煞有介事的比喻，相互
转告和启迪，像从石阶下走开的
无语禅师，它的另一极，即为

下个世纪的费词，言说，悉心
拆解缠绕线团，用剪法和针法
漂洗蒸煮，探究胶质及丝
与花苞的关系，悟得爱之结晶
纤维出自它的实体，它的激情

诗人是一个不称职的证人，他
站上法庭，众目睽睽，却难呈
有力的证词，他在呓语疯言
迷茫四顾中干咳，或滔滔不绝
自语让人烦腻，他为自己的
手而焦虑，为五指不能抓取而
痛心疾首，在颓败中离去，迟疑
自顾自地走开，回到故事的角落

那里只有事件，人所能做出的
远多于语言和文字落地之声
在绝望时呈上，在打量和
抚摸中沉思和想象，水就是水
山就是山，或者什么都不是
它们是风和火，是气体的弥漫
固执地寻求，求助于听觉
捧起石头，夸奖它的质地

它的圆润，它在河岸上获取的
那个美好的黄昏，霞光呈橘色
大地美极了，他走在沙质岸边

2024 年 3 月

第三辑

女子和数来宝

她的长腿在田垄上奔跑
她的发辫在后背上欢跳
她的小嘴忙碌不停，她在
大声呼唱数来宝，我们的
宝，我们小村的无价之宝

为了一窥容颜，远道客
一头扎进草垛，痴等长夜
褪去雾幔，树叶唰唰飘落
村里人稀稀落落走上田野
喧哗盈耳，笑声如水
只是听不到她迷人的音节

终于等来月光清澈的夜晚
狗吠稍息，猫儿欢跃
果园里响起粗吼野骂
一阵大笑突然爆发，一群

骏马飞驰而来，长鬃
沾满荧粉，飘飘洒洒

从村边大树到街心碾盘
听到老牛如雷的喷嚏
到处响起踏踏蹄音，这是
月夜巡行的小村骑兵
那个挥舞马刀的领队人
目光如炬，黑白分明
粗长发辫扬在风中，没人
敢于挨近，没人伸手触碰
只想将它当成一条
牵引终生的芬芳缰绳

她的汗息弥漫大地，胸部
散发红薯和麦香，秋虫
织成一件铁布衫，追随她
不倦不休，隔开所有骑手
他们围拢四周，咽下哀求
最终发出一声呼吼，时辰
已到，月光如水溅湿马背
锃亮的躯体闪射银辉，快快
展开你的歌喉，开怀畅饮

让大地醒来，不醉不休

谁都看不到她垂眸之时
那般胆怯和羞涩，风
拂过额头，四野静默
心中的节拍在鸣响，右手
拭一下双唇，按压胸口
那里有一道湍急的河流
就要冲破栅栏，一发难收

像冰凌一样脆裂垂落
像瞬间点燃的烈酒，一手
抓住腾腾火焰，一手
扬起长鞭，骏马奔腾嘶鸣
先是独自倾诉，然后领颂
唤起众口呼应，汇聚的
潮汐，涨到引力极限
最后进入伤绝和等待

月亮高高悬起，注视
无垠的旷野，投向一匹
滑爽清亮的骒驹，它
美目闭合，下颌仰起

从低低絮语到声声呼告

好一曲哀婉绝伦的数来宝

2020 年 7 月

沙参

白沙中的窈窕身姿好美
传说在茫茫大海之北
有人用绚丽锦缎换取
一颗缄默含蓄的芳心
爱慕之人，何等英俊
那些动人的传说源之
黝黑的叶子和洁白的
娇娃般的四肢和躯干
朱砂般的籽与花，馥香
扑鼻，粗手一丝丝掏挖
将你挪入一个摇篮
将你当成至宝护怜
催眠的歌唱过三遍
你还在啜泣，不展笑颜

2022 年 6 月

少年的果园

不记得有更浓的叶子
这里可以躲藏整个少年
在硕大的树冠上睡去
等待友伴来寻，等待一只
蓝点颏的亲吻，它在叶隙
潜伏许久，期盼这个黄昏

护园人的米粥香气满园
一副尖亮的歌喉响起来
一个细长的身影在狂窜
樱桃红了，蜜香使人流涎
那个歌手在不远处呼号
他比所有人都馋，日夜难眠
护园人舍粥而去，大步追赶

少年滑出浓叶，转眼之间
攀住樱枝，抱住一树斑斓

2024 年 2 月

身后的火光

烧灼的热量在堆积，逼近
噼啪作响的声音隐而不彰
这是莫名其妙的追逐，这是
昼伏夜行的心火与电光
它们有时在暗处，借助风
时光是一条单向通道
自由逃亡的奔赴和燃烧
渴望水，渴望大把的冰凌
饮用，浇泼，抵御，阻挡
上颚的急切和焦躁延至
四肢，最后凝聚到双眸
尖利而绝望，盯住小小的
一束光，那是终点，那是
遥远而又切近的出口

2021 年 3 月

铄金术

1

碳与鼎，坩埚，冶炼山石之功
已是古典仪式，是老陶工
闲居的酒后余谈，是山中
开凿者休憩的光阴，一切
换为众口，一些轻盈的搅拌
唾液的微咸，从此炼金术
一举改写，合掌而笑，在
宫闱或幕后轻轻啜饮，商量
混乱的诡计易如反掌，好比
借箭之风，大火燃起就难以
止息，只有这边的羽扇纶巾
青史留名，没人从湮灭的灰烬
捡拾和翻找几颗熔化的
几粒珠子到底在哪里，何时落进
冰冷的小孔，等待作法者

吹一口阴风，最可信赖的
是昏妄轻浮的呓语

2

嘲弄所有的自尊与矜持
数字和变卖结为孪生兄弟
在捉弄的天平上没有选择
义理不过是背时的借口
无人捡取陈旧的重器
它们如同火箭时代的砍刀
如同飞船星渡时的古币
只道世风日下，一切
不在话下，狂妄无耻的黄口
等而下之的门人，下之又下
恣意掠取者，正在竖起
无坚不摧的旗帜，就像
人肉酒肆的幌子，划拳声
通宵达旦，不再畏惧上苍
惩戒和报复，光的世纪
是一函全部涂改的伦理

3

蜷毛疲疲的无赖和流民
翕动青紫双唇言说经文
他们晾晒蚁穴中的白卵
拆解诡秘繁衍的族谱
指认姓氏和不测的流转
预言从未降临的吉兆
口涎和便溺混合的脏物
涂抹堂皇的宫阙和长街

4

这场冶炼不再使用火，改用
阴阳魔法，唤起一群宵小
跟随者像无边的尘埃
覆盖的污浊发酵化合，生出
幽灵搬运工，将一座山峦
移到愚公门前，再为老人
送一杯甜酒，以壮行色
轰轰烈烈的场景在明处
窃走的宝石在暗处，车辆
从大路驰走，盗贼的口袋

已经装满，紊乱的工地还在
热火朝天，矿石在碰撞
等待它们的不再是炉火
而是数字魔法，是口水

2023 年 4 月

松浦灰鹳

渤海之畔，三亩水塘，秋天
将临，万松浦红叶披纷
荻草悄语，传递欣悦和吉祥
一位身躯颀长的造访者，又将
翩翩而至，来不及问候，欢喜
传遍一片疏林，有人伸开双臂
赞叹它惊人的翼展，商量如何
欢迎远道而来的灰衣男子
为它准备一场晚秋的盛宴

北方之北无比苦寒，白霜铺地
坚冰难凿，雪雾白烟，呼啸中
留守者寥寥无几，早已结伴而去
信使来得太迟，鸥鸟和鹈鹕
留下只言片语，谈论遥遥旅途
漂泊的故事，那片海湾和沙滩
那片割伤的田园，清寂的林野
啄木鸟单调的梆子和大鹅

独行男子束好灰衣，扎紧裤脚
地上的马兰成为路标和记号
取一条南南东和北北西的直线
在初冬第一场大雪铺地之前
拨动和穿越锃亮的磁力线
一路宛若琴声伴奏，云朵伴行
经历无数个晚霞似火，星辰
打出一道道夜航的灯语，问候
漫长的孤旅者，一个男人
此刻正在渤海与黄海分界处
向西南方稍稍偏斜，让月辉
抚摸微微汗湿的脊背，再次
校准心中的罗盘，从容而无畏

如果不出意外，这是第七个秋天
家族群落遥遥迁徙，在长江之南
度过冬季，与大雁一起回返
只有一位兄长降落中途，这是
半岛犄角，一座静谧的北方田园
这里的主人燃炉热酒，等待
落单的男子，与之把盏言欢

2024 年 1 月

它们在等待

从冬天到春天，山色转换
一些小友等候在路边
崖畔上的雪开始消融
一双双大眼水汪汪
我们约定在许久以前
谁都无法毁约，无力反抗
毛茸茸的小手握一下
胡须拨动心弦，情深意长

无论雨雪大风，山洪暴发
我心里都有一片向阳花
它们在强光下转动脸庞
它们拨开绿叶探头遥望
我把山泉冲入石杯
等候畅饮之后小儿绕膝
夕阳西下的至美时光

2024 年 3 月

逃亡的烦琐

声息消匿的午夜，丛林里
一只斑纹豹潜伏巡行
孤寂的狗獾忘记了野蜜
只有刺猬依旧笨拙挪移
象鼻虫的弓形多么优雅
小黄鼬在枯树后边遥望
四面辐射的空旷地带
草叶倒伏，万物假寐，唯恐
暴露一颗狂跳的心

缓缓浅流无一丝波澜
隐入浑茫的深处，沉默
没有一丝重量，没有
坚硬的形制和肉眼可辨的
物体的显性特征，只愿
消逝在陌生的角落无影无踪
登陆的沙子在飞扬，无辜的
小银鱼惊慌四窜，泛起

一片微细的粉尘和磷光

尘世的石榻躺卧无数生命
它们在此休憩和沉思
最后的时刻不愿离去
不愿终止假寐和遐想
追逐的蹄音并不遥渺
阵阵围拢揪扯衣襟
恐惧将世俗的幕布震落
巨兽的优雅和牺牲的从容
暴露的舞台过于高耸
所有看客没一个可以逃脱

只有片刻的闲适与超然
四周是一片不再清澈的水
到处闪烁磷火，泛出冥色
窥视的代价重如磐石压顶
每人都面临了深邃的枯井
困住的热血在死寂中冷凝
环形禁锢由天外合金铸成
没有时间游戏，不再自嘲
幽默的告别和伤绝的心情

最后看到的是无色之色
无法记取也无法命名
那些飞散和从未到场的
精灵，所有良知都栽在
一场虚拟中，众手编织
坚韧的数字蛛网毫无表情
世纪的青蛹在纪年中僵硬
缲丝女工被瞌睡压垮，在
熏蒸的白气中梦游不归

强悍的躯体和严厉的命令
全部化为山岭的嘘声
足够的时光之后，一切都在
归置，各就其位，秩序严整
晨曦投入梦境，唯有一些
耿耿难眠者胆战心惊
该离去的正在滞留，锁住的
是一根毫无用处的木头
腥风让大地苏醒，指令
启动殉葬的陶俑，那个
无比残忍的王缓步走来
阴毒的水银地库又要启封
没有一个旁观者，没有

任何一寸土地置身天外
西部的枯岭并不遥远
昼伏夜出，排山倒海

那头豹子还在寻索，还在
迈动阴险而优雅的步伐

2023 年 6 月

未知的造访

1

陌生和遥远的探望，庸常的
问候，应酬的古老礼节
放下背囊，从蜂拥之地来到
刺猬的旷野田畴，没有
看到一株兰花，它不在此地

东海的凉风比预想的
北方气流还要严厉
风让人静下来，从头检索
繁密的堆累和储备，目录
一行行俱在，内文却是空白

我不知何时丢失，不知
它们变成了哪一朵云彩

2

不疾不徐的雨下个不停

闷热的叹息让人欲罢不能

季节已过，禾苗拔节声

在清晨和正午停歇，等待

辛勤的老人走来，他的烟斗

给人深沉的安慰，他的大手

在头顶停留，安抚，拍一拍

不知是露水还是泪珠，闪烁

一片晶莹，在夜色里聊以回赠

3

肥沃的土壤，黝黑油亮

滋生和繁茂之地，雨水

淅淅沥沥，歌唱如同抽泣

阴郁的日子，桐树十分惆怅

犹豫和欢快的相逢，分离出

金属和石子，一些气味

在回想中变得异样，遗忘

化为岁月的礼物，互相推让

不同年代饮用不同的酒
豪饮之徒永远渴望

4

在书堆中追逐一道慧目
留下的痕迹闪闪发光
让人赞叹和激越，智慧的
纸页记下多余或缺少的一章

也许不止这几行，也许需要
大肆书写，毫无节制，举杯
彷徨，老实人从来没有酒量
只会啜饮，微醺的心情

美好天真，神色烂漫，像个
真正的过来人，安然大方
无怨无悔，信心满怀，为他人
筑起向上的阶梯，作嫁衣裳

5

杳无音讯的大山之南，吹来

阵阵熏风，没有秋之气息
只有盛夏的泉味，只有春天
苦楝子赠予的早晨和黄昏

无法移栽的两棵树，距离
一片果园一道篱笆，堆放
护园人的蓑衣，酒壶和猎枪
装模作样，吓坏少不更事的
童年和少年，木槿似的眼睫
闪个不停，站在两米之外

6

待饮的杯子留在原处，只要
记忆还在，水就不会倾尽
所有的水都在，昨天远逝
是人携走了水，还是杯子
背弃了水，独自待在时间里
成为高傲的凭证，直到
换成喜鹊的石子，它才欣然
接受这无与伦比的馈赠

浅浅的水等待饮用，长喙

不及的水，求助于灵感
写下千古不朽的诗篇

2024 年 3 月

西岚子

游荡

拉不直的一线长纤
背纤人去了又来，世代更迭
往事无存，记忆遥远
逐水而行的日子将人
引向沃野和荒芜的田园
然后是苇荻和长腿鸟
是模仿它出生的一群孩子

他们个个枯瘦，在风中颤抖
衣不蔽体双手拢胸
上苍轰赶的声音在回荡
四处奔跑，复又归来
紧紧依傍一条河流
拉住长索，蜿蜒向前
不愿屈就的肢体和眼睛

望向一片广阔无垠的空地
溪流，茂生的茅草和稼禾
红爪鸟嘟嘟嚷嚷降下来
寻觅几个惊慌躲避的兄弟

一溜揪紧的衣衫和绳索
一路往前，跟定一个主意
它的方向只能是北，只能是
渺渺大水阻断的沙岸，这里
是所有生灵的立足之地
就像一声严厉的口令
整齐划一的队伍停下来

长者走到前边，说几句
可有可无的闲话，满脸沮丧
动手搭铺，埋锅造饭
不知这是一个临时营地
还是一处炊烟袅袅的村落
只要等到午夜，听到呻吟
就算听到了日月的回响
小雏穿上透明的衣裳
眯着双眼搓脸，阵阵哭喊
喜闻瓜干喷香的村巷

将要立起一个硕大的石碾

碾 盘

这是个伤腰的弧形石床
集合了无数的智慧和荣光
猫儿在此小解，甩爪离去
留给娃娃们大解的便当
沉着庄严的转动发生在下午
发霉的瓜干碾为更细的口粮
苦煎饼，脆生生薄如草叶
折叠成报纸的对开四版
夹上葱叶和大酱椒盐

伟大的食物需要考证来源
愁伤的索引者灯枯油尽
从冬到夏仍旧无法翻篇
坐坏了府上的五把榆木椅
拒绝了长老的中秋鸿门宴
焦黄的十指按住天下苦食
无限神往只难以下咽
它有小公国饮食文化的隐秘
那是空前绝后的时代之歌

只要一再翻唱就不会衰落

爱你所爱吧，全村三宝之一
数来宝煎饼和长腿姑娘
她的长辫在月光下跃动
搔着迷人的臀部和臂膀
文明的眼镜和打湿的秃脑下
有两颗深不可测的狐狸眼
它盯紧惊世骇俗之物
在合辙押韵的呼喊中蹿跳
在满地荧粉中踢踏而去
一纵跃上了巨大的碾盘

大 鱼

河水暴涨的上午兴高采烈
逮到一条黑鳞银肚大鱼
鳍是红的，巨尾拍动不已
两人扭捆抬至小村中央
石碾就在一旁，呼声震天
手持火绳的老人姗姗来迟
屠宰手毕恭毕敬血迹斑斑
黄昏后将有一场饕餮大宴

备好胡椒白醋和足够的盐
街口支起一口生铁大锅
扛来两筐煎饼一捆柴火

满天星稀，明月阔如银盘
欢乐的开关被孩子打开
无街之巷笑语欢天，猫和狗
将人间的兴致再次点燃
只有白胖的孤鸟蹲在树上
冷冷盯视不发一言，白汽
升到树梢，是溶化的晶盐
德高而望不重的老人来了
伸出一只有裂纹的大碗
一柄大马勺在锅中搅拌
伟大的节日一律在深夜展开
快乐的心情要在腥气中扩散

烈酒缺席，甚为遗憾，老人
抹嘴顿足发出深长的埋怨
回忆三十年前的一个中秋
心狠手辣的老东家多么慷慨
大宴畅饮搬出醇醪数坛
长幼无欺笑语连连，腿隙中

有一只小狸花恣意胡蹿
喜泪浇洒的夜晚，摸摸胸口
那是良心和爱欲溢满的房间
那是赤裸迎向北风和月下的
一群无忧无虑的流浪汉

口　音

海边野人听不懂山地方言
叽叽咕咕，比划，声声呐喊
谁晓得深意谁饮一杯老白干
哈哈大笑的胡子挤眉弄眼
破衣烂衫的女人起舞旋转
咱火了咱笑了咱瘪嘴不悦
大叔生气了大叔不乐意了
大叔一发火就把桌子掀翻
四众皆惊，一切有言在先
只可惜这是哑谜无法洞穿

柔声细语在安静的夜晚
在火炕上，在荞麦枕边
在手持煎饼的碾盘旁
在没有外人的乡里乡间

在自家的土酒坊和烟窖里
在红了眼的叔伯和背人过河的
老山货的肩膀上哼哼唧唧
小娘们哭起来无抵挡，她的
一双势利眼能把铁石看穿
她在祖辈逃亡的远乡住高楼
不劳而获，尽抽水烟

南北交汇的诉说像百草枯
收纳和扫荡一切警世良言
这世界茫茫无边应有尽有
偶然一现的村庄升起炊烟
燃旺的柴火一早启程，上天
言好事，使用人人害愁的密语
把一些悄悄话送到神灵耳边
神灵从不听闹市喧声和巧辩
那里有专门的规制和庄严

这钝钝浊浊的声音由土烧成
这轰轰作响的热烈一再爆棚
突然哑默的一刻是老村长
抽身解溲的时候，他的烟杆
别在后衣领上抖抖颤颤

他恼怒的那会儿双唇紧闭
此时无声胜有声，压过雷霆
大伙儿议一议，群策群力
大碾盘转动起来轰轰隆隆
石头压石头的瓷实与坚硬
这平原上独一无二的心灵

渴望一场伶牙俐齿的辩论
捉对厮杀才是当地好汉
矛来盾挡能输能赢，喊一声
投出山地人的石头飞镖
被一双精致的小手接住
端详抚摸而后吞进肚里
双目圆睁，呆如石人，就此
完结的赛事实在令人遗憾
原本渴盼的一场言辞盛宴
就这样减速落帆，泊入水湾

何处寻找诉说衷肠的那个人
那个不断延长的暖冬夜晚
喉结最大的老人抚摸你
光滑的额头与浓发，你
眨动不停的睫毛和嫩面颊

听窗的人全都失望而归
他们是瞎子点灯白费蜡
在自由散漫的荒野村落
有一场永无终止的大快乐

皮　冻

闪闪发亮的截面诱惑一群
不速之客和面容和善的老人
伸出骨节粗大的手去切割
深棕色的陶瓷，颤颤抖抖
落入一个个木盘，端起
一块琥珀和一杯老烧酒
将千里之外的奇遇从头诉说
那个打麦场热风吹拂
老东家一个疏忽失了前蹄
好后生汗珠晶莹去向不明

神赐佳肴在案上傲视群雄
分明有无数洞悉的眼睛
沁凉的心和滚烫的手
千里万里地跟随和游走
那个背影在青纱帐后面，水声

在一道又一道沙岗前头
野猪和花鹿交错迎送
田野里响起声声怒吼
每一天都有好事，有意外
瓜面开花大馍吞进胸口

今日的切割留给自己，节日
只能驻守在隆冬数九
失去的秋天有那么多瓜
遍地都是飞翔的蚂蚱，野人
匍匐在地啃咬藤蔓和种子
压碎了打破碗花，降伏
一只刺猬又圆又大
蝈蝈唱起来，渠畔红旗飘

永远不忘八月十五那碗糕
挂念一个馋人的宝物
谁不感激上苍，谁就是
死不回头的饿鬼白眼狼
美丽动人的腊月又要来临
绒帽老太亲手缝制衣装
然后等待享用存下的
瓜果梨桃和苦涩的口粮

一切皆有定数，有犒赏
最幸运的是又香又凉的品尝

毒 鱼

这条肥腻的大家伙来了
仇恨的眼睛看遍四方
脊上的灰斑是死亡的胭脂
洁白的肚皮送走霍乱
多么温厚的双唇，翕动不止
缓缓闭上双眼，慈悲
留下最后的一丝牵念

谁是它的归宿，它的友伴
谁在它的荫护下从容流转
呜咽的笛音停息下来
村庄上方凝固一缕青烟
那个嚎唱不停的人住口了
为之伴奏的人不再拨弦
风落涛息，等候太阳落山

说一说它的来路，罂粟亲家
砒霜的连襟，恶魔的姻缘

在放逐的大山里挨过四季
优哉游哉溜进沙地大川
到处打听老族长的街门
备好阴间的丰厚礼盒，贴上
黑色的寿字，烧一炷香

高大巍峨的门庭下
开满绣球菊和吉祥花
东洋渡来身怀绝技的厨子
将安眠的梦者拆除肝胆
再泡入卵石晶莹的山泉
用迷迭香搓过肥腮和鳍
点燃艾草涂满芥末和葱姜
在老叫驴呼吼的时刻下刀
小心剔除一条灰白的脊线
沸滚的欢歌中戴上手套
褪下一枚染黑的银戒指

垂死的晚宴写进史册
流传了整整一个夏天，沿
贫瘠的原野，顺河而下
抵达名不见经传的西岚子
让老少爷们流出一串口涎

听说清炖的汤又白又鲜
听说美味诱来河中仙子
追赶隐秘狂热的聚会
在丛丛茂长的气团中冒险

老人在下半场睡去了，有人
蹑手蹑脚走近，摘下毡帽
等待那双深邃的大眼睁开
所有叹息汇在一起，像
夏末秋初的风一样掠过
快些唱起数来宝吧，快些
用不倦的欢声装点这个村庄

迎娶

那个壮硕的女人披棉挂絮
在杨树下站立一个春天
又是一个夏天，秋雨落下
不知她准备当谁的妈妈
隆起的肚腹宣示了大日子
天寒地冻之前口粮入囤
瓜干和叶蔓悉数搬进材门
只要火炕足够热，铁锅

咕咕沸滚白汽升到屋梁
每个来宾分到一捧地瓜糖

好大婆娘，未来的小村栋梁
她一定循河而来，走进这个
万事皆备的最后故乡
她喜欢没牙老汉唱歌，喜欢
小泥屋筑起的大火炕
这里柴草丰盛野物翻飞
小娃娃一律扎了朝天锥
老婆婆大襟衣下藏了报纸
叠成的煎饼入口喷香
苦从甘来，幸亏一副好牙口

每一天都是好日子，都是
妆奁抬进喜主大门时
一担麦草三车劈柴，虎头帽
早已备好，生娃吉日在当月
鞭炮齐鸣的硝味散得太早
天黑得真慢，耽误听房
伙计们摩拳擦掌大干一场
往死里捉弄新郎新娘
肥硕的婆娘冷穆安然

清纯目光击退所有轻狂

红蜡不吹自灭，哈欠连连

唯一的喜店提前打烊

土墙老窗下蹲了老少

不吭一下的嘴咬紧烟斗

捕捉屋内每一点风吹草动

凌晨时分，一片嘘声

听吧，一头老牛在打鼾

三　宝

村有三宝，赶鹦煎饼数来宝

她追赶鹦鹉的长腿真好

腿弯上悠荡两条辫梢

没有谁比她更会数来宝

一开口就让人神魂颠倒

她最不怕那些眼镜客

他们双眼呆滞不苟言笑

吐出的话语全是告饶

这是一个飞翔的芳名

预示了惊世骇俗的聪颖

一双眼睛抵得十万精兵

摧枯拉朽如涌似风
最爱看她吃煎饼的模样
层层卷起，中间一根大葱
多么健硕的大地之花，比
大丽花更艳比绣球花更大
油亮的发辫活像一匹骠马
谁骑上它就能驰走天涯

谁让杀人如麻的响马泣哭
谁让没牙的老人牵住长缰
谁把数来宝唱得山响
谁与这大眼忽闪畅叙衷肠
走遍大山南北和千里平原
这里才是喜极而泣之邦
弹丸之地要变大公国
她就是不负众望的女王

煎饼折成十二层，宽如
巴掌，宛如邮差送来的报纸
最好的酒是猪肝色，入瓶
严密禁锢逼人的芬芳
不到那个致命的时辰
不见那道炫目的光芒

谁也别想染指，别想
在闷热的夏天开怀品尝

真正的宝物不可秘藏
空忙一场，装模作样
她在说笑中一直疯长
她有一张不大的脸庞
她为莽林沃土大海山岗
打开一扇怦怦乱跳的心窗
人原来可以这样死亡
这样无畏和这样莽撞
这样一往无前，痴心妄想

2023 年 12 月至 2024 年 1 月

想念夜班

凌晨两点煎熬自己
无法持续的兴致，生趣
在蛐蛐鸣唱中飘逝
真想做一回江洋大盗
偷来冬天里的水獭帽
赠予笨拙的心上人
那个憨憨的胖姑娘

未来的日月正在计划中
迎来油盐酱醋的繁荣
坚持吧，黎明即将来临
它是沉沉的脚步，它
像每天的日出一样牢靠
准时而又稳重，我且
入睡，在梦乡里与之相逢

2023 年 4 月

小兔与蘑菇

三瓣小嘴吃草叶，偶尔
吃到一颗松菇，双爪捧住
出其不意的佳肴，让它
热泪流淌，就像遇到
一位吸烟斗的护林人
招待客人的故事和烟
那个迷人的长夜，倾听
呛鼻，泣哭却不忍走开

鲜嫩的蘑菇香气绵长
小路弯弯曲曲，刺猬
把守神秘的边疆，那是
装满宝藏的地方，国王
胡须银白，睡橡木大床
无边的园林鲜花怒放
清冽溪水闪闪亮，映出
肩扛大棒的小兵气昂昂

它们那么严厉那么专注

威风凛凛，两眼放光

2022 年 4 月

紫檀消化器

坚硬如钢的紫檀派上用场
耗去神思，昼思夜量
精雕细刻的日子很长
何处寻找灵感，打造
一件奇妙而隐秘的器具
它出自一个古老府邸
老饕拥有祖传的消化器

豪筵通宵达旦，大腹便便
宾客早已饱胀，呻吟困倦
唯有主人畅饮神采翩翩
那件宝物藏在边厢，由它
安抚贪婪的心和隆起的胃肠
细小精密的机关在拨动
他身着华丽绸衫无比从容

应该有一排齿状轮毂和
蜈蚣般的百足缓缓挪动
在开阔如河滩的胸膈下
深情耕耘，细细碾压
每个触点都在暗中呼应
盲肠脾胃和嗉囊密密麻麻
胆囊光洁，闪着钢蓝色
在投射的密码下有序进发
益生菌大军听从无声口令
黑压压的搬运队分毫不差

午夜浓云翻滚而去，窗前
一只空碗，里面是焦干的花
它从一本硬壳典籍中落下
是睡思昏沉中探究不息
搜肠刮肚的对视和明证
微小的机关伏设后，还要
强力传导的扳手执行命令
光滑的轮子和柔韧的脚
抚摸的亲切和击打的果决
所有要素都在这里集合

最后是涂层，淡施铅漆
一台略显羞涩的亚光魔器
今日开始值守，殷勤服役

2024 年 1 月

续紫檀消化器

我用坚硬的紫檀木
给猫做了一个消化器
我爱猫，希望它吃得更饱
安然入睡，欢欣奔跑

它喜欢静默和沉思
穿一件翻毛皮袄
这装束和姿容真好
引人迷思，魂牵梦绕

没有人像它一样高贵
宠辱不惊，独处自傲
它真的需要我的发明
数字时代的奇技淫巧

2024 年 1 月

又遇老饕

古老家族秘传的消化器
由紫檀做成，实在神奇
它是肚腹的呵护者
源于大宴酒徒的赌赛
垂死者难以瞑目的注视
抹不掉往事尘烟

灾年发生了太多奇迹
凄冷的日子炉火怒燃
草垫织花遮住石板青砖
迎迓不断，小脚丫鬟
在巷口仰起一张笑脸
横肉蛮汉于晨光中出现
睁大蟒蛇般的冷眼
直接走向腥膻弥漫之地
大口吸入灼热的炊烟

厅堂长案不输流水大宴
蒸鸭肥糕摆成一座山峦
胜者无敌，领取一袋银圆
顺手牵羊带回三个婢女
载回佳酿两坛数匹锦缎

辙印依旧，石板深凹
黄昏，西装革履鱼贯而入
古宅里琵琶发出悄语
芭蕉叶下石鼓沉寂
边厢烛火已经熄灭
此地正在安度轮回之夜

2021 年 7 月

渔火集

海 星

大海是倒置的天空，布满
星辰，银河在汹涌的月夜
从老船长的眼眸中流过
他的烟斗是甲板小星
扬起的屑末和粒粒黄沙
在远处推动和修筑巨隆
拆毁一道道山岭和沙岗
挖出万丈深渊下的块根
送到千里之外的大陆边缘
去结识一些奇怪的生灵

赠以水族的勋章，海星
一枚枚罗列在南部沙岸
大大小小的五角星
猩红色，黄色与黑色

传递珊瑚崖的问候，那里
各尽奇妙的好故事
人鱼的泣哭让大海更加腥咸

凌晨三点，风息浪平，一颗
紫色的小星从水中跃出
探望宁静的大树族和
聪明的四蹄动物，将
长嘴鸟引到湿润的小洞前
喂它们又长又黏的海蚯蚓

鱼 铺

每一个深卧沙中的堡垒
都藏下一个年迈的妖怪
多皱的额头和诡秘的双眼
龟一样的长颈和甲壳
永远闭合的大嘴咬住一杆
黑烟斗，辛辣的喷吐驱逐
滚动不已的飞虫和小蜥蜴
他独自下五子棋，枕下
有一把刀和一瓶酒

深夜有鱼精登门共饮

凌晨小解时顺手捉回乌贼

仇人遍布四野，远林黑影

哭嚎在不测中响起，摧毁

梦的安宁，披上羊皮袄

套上桐油裙和蓑衣袍

摸起门后的霰弹双筒枪

一手掐腰一腔怒骂，胡乱

叩响扳机，吓飞一群乌鸦

天和日丽时笑容灿灿

等待赶海人把酒囊灌满

路途遥远的大婶留下来

为孤独的老汉做凌晨一餐

海老大

一个无比善良的凶神恶煞

滚烫的沙岸任其踩踏

浪涌在声声怒吼中颤抖

网绠断裂，裸躯狂奔

大鱼尖叫拍击长尾，龙虾

挺剑刺穿乌贼，黑血

染透即将降临的夜幕

火把点燃晃动的消息树
鱼汛在北风里急急驰走
在黎明前抵达古河码头
拥挤的人流和汗湿的骏马
逼人的后生和剽悍的骑手
与无边波涛对峙的时刻
那个黑红色巨人站立阵前
吞吃生鱼的滚刀肉，博得
众生喝彩老大新欢，大碗
装满了烈酒和蓝色火焰

那个蛮勇和生猛的方向
隐蔽的火药和愤怒的匕首
所有人隐在心口，避而不谈
只想寻个时机复仇，复
无仇之仇，铺天盖地的苦愁

搬鱼山

木头车呻吟上路，倒在
中途，挥鞭者跪在沙上
与瘦马一起祷告，春风
抓起冰凌半空抛撒

大把粗盐灌进衣领和轭下
大头鸟蹲在路边跃上树丫
满面深皱的婆婆卷起纸烟
精明的雀群隐入山峦

平原南部的山岭等待
一群满脸脏污的孩童
一群呼号追逐的鸥鸟
丛林妖精束好腰带
迎着北风探究鱼市行情
身背大筐的驼子踽踽而行
背靠橡树咀嚼干硬的锅饼
鞭声炸响阵阵惊心，老马
吐出草屑和染红的沙子
吐出飞蝇和死鱼的眼睛

采螺船

为大海备下陆地生趣
让生灵深夜传递消息
最少的船载上最大心愿
与水族世代友好永不结怨
透明的山谷映出麦田

高耸的峰巅冒出白烟
侯门一入深似海，水底
幽深的洞穴无尽的纠缠

大地上总有失散的颗粒
让我们收拾季节的丢弃
牵引漂移的黑色小筐
潜入田埂撩开草丛
看惊讶和恐吓的眼睛
双手合十，心跳怦怦
为走失的童子寻找归路
用五彩宝石吸引他们
龙王的花园再好也不是家
这里埋下了各种凶险

海 贼

像箭镞一样密集和迅疾
来去突兀，无声无息
那片踏烂的草原和野地上
遗落的牙齿和发辫还在
折断的橹和染血的网不在
它们跟从新的主人离开

鱼屋变成灰烬，海水怨怒
浪涛中伸出一只苍白的手
握住一颗血红的卵石
青黄的月亮转向西天
所有的鸥鸟都飞向陆地
所有的生灵都站在远处

那一粒岛屿就要沉没
藏入万丈深壑，灯塔
最后一次向彼岸告别
目光凄凉，惊悸绝望

2022 年 5 月

第四辑

夜 泉

陶碗掩去清纯之夜
如一汪浅酒香醪
岩石坚卓的缝隙
透露古酿的春宵

田根草和铃兰的气味
担柴青壮的脚步
弯曲小径的歌谣
悉数融入，过滤流淌

渗入密织的威灵仙
拂尘般的丝络
滴滴汇聚，宛若小溪
至纯无瑕的晶莹

为这圣洁的品尝
大地穿上了玄色盛装

2023 年 10 月

早 晨

雨夜穿过早晨
浓雾让灰鹭绝望
冲出密织的山影
躲开隐藏的铅网

离去时未能诉说
一双回眸抵达耳郭
她一直站在岸边
看它们纷纷降落

2022 年 6 月

哲学大院

.

牲口的气息涂满泥墙

正午阳光炙暖衣裳，老叔

吸一口，磕打烟锅咔咔响

这个试练和辩论的时刻

众人齐聚，开始宣讲

老婆婆不事声张，换了衣装

戴一顶簇新的黑绒帽

坐在跃跃欲试的小女旁

凡物皆有正反两个方面

必须把主要矛盾抓在手上

如果找个出内因外因

卵石何能生鸡，石砣不会变羊

土坷垃怎能熬出地瓜糖

秋末风凉，果实入囤

还要把心头装满口粮

树叶飘飘落地，正面油亮
反面一层白绒，不言自明
好比人的一双手掌，纹路
纵横交织，大叔最会看手相
柴油机哑口不言，找出内因
火花塞熄了，还要更换滤芯
入冬前要挖地窖堆草脱坯
诸事繁多先抓主要矛盾

老婆婆取下绒帽上的琉璃
让乡邻找出它的内因外因
老锅腰手握圆圆的黄豆
让大辫子姑娘将正反面划分
莫衷一是，喧声盈耳
老叔掀掉皮袄，热汗涔涔
说饰物易碎，豆子有脐
一挥烟斗把琉璃击碎

一片嘈杂，唏嘘叹息
老叔收拢碎片，指点豆脐
到处都有矛盾，对立统一

2024 年 1 月

在路上

1

收割的日子是辛苦的逃窜

寻一辆车，一辆咣里咣当的破车

捉一群无辜的鹛鸟和风

装上赶路的坚硬锅饼

再把冰块切成指尖那么大

找来半瓶威士忌和烧酒

韩国的多肉植物制成的饮料

连同可口可乐和杜松子

这就是混搭，这一路就是

无限混搭，没人可以管束

先过好夏天和秋天，冬天就得

缓一口气，风寒的日子不好过

让最生的小手驾车，不在乎出轨

惊呼声响彻云霄，大路边

跑来捡外快的小子，女孩

入伙了，她的眼睛水灵灵，后面
是哭哭啼啼的男人，他完了

2

车子熄火，往油箱里撒尿
无果，无疾而终，只好去路边店
撬门借粮，把铁胃塞得满满
让它重新欢唱，这头铁倔牛
一路的挚友，吼吧，比一下
谁才是最好的歌喉，正唱着
有人在车上露了一手，才高八斗
天黑得太晚，打家劫舍的快活
要等到太阳落山，等到
偷鸡摸狗的蟊贼全都溜走
才轮到懒洋洋的大爷出手
其实都是好事之徒，人不错
一个比一个善良，酒量大了些
这是我们的缺点和优点
都喜欢液体，它有水的形状
火的性格，年轻人和它们
本来就是一家，一路从不分手

3

在收割的麦田搭起帐篷

用沉甸甸的麦捆做枕头

那小子好大的排气声，那

不是小子，那是不男不女的家伙

麦地里鼾声如雷，大家都累了

半夜起来吃饼，喝黑啤酒

真想来点草莓和樱桃，让

受气的小东西去找一只烤鸡

打烊晚的老店一定不错

天很快来到黎明，夜太短

那就把白天过成夜晚

中午时分有人醒来吟诗

大声呼号，大家全都怀才不遇

所以造反是早晚的事，我们

不干谁干，我们不反谁反

这条走不穿的旷野长路

在愤愤不平的轮下发出抱怨

我们当中出现一个无冕之王

君临天下，全都得意洋洋

4

这是上帝自由的牧场，也就
不必拘束，不再装模作样
一切的勾当我们都知晓
把文绉绉的书面语收起来
这里没人听没人买账
我们是猎人，我们只有酒瓶
我们没有枪，我们全是渔人
钢叉在手，没有抛网，我们
半夜高兴就出来串门了
挺好的小伙子，应该找个姑娘
懂行的人自然不会厌弃
不会懊恼不会恶语相向
请打开贵府，迎接座上宾
做梦也想不到会有这么多客人
喝起来唱起来，有人弹琴
入夜前老东家火了，因为
小伙子急于成亲，大打出手
我们只要爱情不要朋友

5

一路往西，踏上黄金路
爬坡三天奔向高原，那里
甘甜的大瓜就在路边，不要钱
那里的俊男靓女热火朝天
老鹰在头顶盘旋，草中火狐
瞪着一双妩媚的大眼，日子
就在眼前和手边，这不是传说
这是我们以身试险，或者
输个精光，或者落地生根
长成一棵开枝散叶的大树
怎么都是一辈子，淘金者
猎艳遇上大麻烦，在此流连
只有一个脸色阴黑的家伙
宿醉初醒，当机立断，喝令
所有人乖乖上路，只有听话
才能让他收手，不当杀人犯

6

超载之车呼呼喘息，一声长叹
趴在地上没气了，就此永诀

忍气吞声的伙计领命而去
赶来两辆牛车，一辆马车
直到夜幕降临才撞到一辆汽车
它加足了油，正在专心等候
主人晨昏颠倒，早就睡过了头
飞驰而去，歌声嘹亮，无阻无挡
我们是强梁，我们是幸运儿
领头的是无法无天的游击队长
要在天亮前打劫法场，那里
真枪实弹壁垒森严，等待
一群穿越东西的蒙面好汉
他们胡须芜乱头发披散
赤裸上身，男女全无遮拦
都是生死与共的兄妹，只有
一条大路通天，没有昨天
过完的日子就像轰散的鸟群
再无一丝踪影，早已飞上高天
一无所有，青春就是大杀器

7

一个人的外号叫磨磨唧唧
另一个叫樱桃扣肉，还有

驴肉火烧，老油条，豌豆眼

他们都是一个时代的精英

倒霉因为一些小瑕疵

比如梦中抢劫银行首饰店

攻陷南部甘蔗园，吊死

一个不知好歹的小丑，去东部

招兵买马，拉起一支快枪队

从此变成城乡通吃的铁豹子

谁过得腻歪，谁愤愤不平

就来入伙，英雄不问出处

雁过留声人过留名，这是一座

大盗的城堡，铁打的军营

一路挥舞衣衫当旗帜，嚎一曲

无法无天的豪杰之歌，驶入

又一片等待收割的焦黄麦田

8

老东家满面忧愁喜出望外

老天，这里有最多的镰刀和酒

先喝酒还是先开镰，只有老大

说了算，工钱不论，月下开宴

干活儿最利落的还是呕吐的醉汉

姑娘们打下手，忙碌黎明餐
日子真来劲，快乐打工仔
麦田要留一道金边，它是大家
安营扎寨的理由，喝酒的凭证
窖里腊肉和奶酪告罄之日
橡木桶也都放空，只剩几瓶
聊胜于无的陈酿，还有甜酱
一罐腌黄瓜和一束风干的腊肠
挥别时热泪潺潺拥住不放
这里的白天和夜晚实在难忘
我们走了，铜板随意，义气人
两肋插刀，宁可白干一场

9

从夏天到秋天，穿过玉米田
高秆作物让人想起家乡
姑娘抽泣，说这条路实在太长
河流千里归大海，应该掉转方向
天下没有不散的筵席，最后
终究留下几个铁哥们赖着不走
车子卖给废品店，换来一辆
崭新的摩托，一口袋碎银

命运的猎手好比一只鹰

在高处撕开烈风，俯视

裸山和大地，芸芸众生

火药一样爆裂的心狂跳不停

谁在密集的鼓声里凝神，谁来

空荡荡的小屋长夜豪饮

铆足了劲，迎着气流爬升

等到那个时刻，我们向下俯冲

10

衰老才能赚得一副好脾气

那不过是藏在屋角的一瓶烈酒

小酌也能灸热心口，趴在窗前

看一条长街搅起尘烟，看

太阳和热汗，满街车流和狂吼

可记得那个早晨和正午

被镰刀征服的银亮田垄

呼呼喘息的肺叶大声诉说

远方的风多么诱人多么清新

花斑鸟斜着划过长空

赶赴一场青春的豪饮

我们仍旧是坏孩子，我们要

大声喊出自己的忧愁，我们要

立刻发动引擎，注满燃油

2024 年 1 月

这里没有天空
——黑矿井记吟

这里没有天空
只有呛人的熏风
野猪追逐少女
石板压住青葱

这里没有天空
只有刺鼻的硫黄
蒺藜困住野花
呼号撕裂北风

这里没有天空
只有成群的硕鼠
瘴气弥漫巷道
铁腕扼住喉咙

这里没有天空

只有黑色的大瓮

老鹰捕获云雀

坚冰掩埋精灵

这里没有天空

只有鬣狗的狰狞

呼吸断断续续

磐石累累压顶

2019 年 11 月

足够的时间

一位哲人说过，经过足够的
时间，每个人都将各归其位
可是折腾依旧，尽管没人
怀疑这句断言的智慧

不知多少日月，才称得上足够
更不知荣辱之鸟在何处徘徊
午夜是否归巢，凌晨如何放飞
流逝的不仅是光阴，还有思绪
追赶的乌鸦和鹛鸟，以及逝水

时间永不餍足，如同
收纳金钻的口袋总是嫌小
暮色中的小路隐入雾霭
夜幕里有什么，深处的深处
消失的可否浮现，从头再来

2024 年 3 月

爱琴海日落

——读《尤利西斯》

第一章　都柏林

1

从碉楼出走的人如果是我
一点都不幸运，简直倒霉极了

躲开酗酒的父亲独自游荡
上午八点，浅浅的都柏林湾
如一汪眼波清澈蔚蓝，瞥向半空
一群鸽子掠过，下面是同居者
窥测的石孔和断断续续的喘息
街巷初醒，微风送来哈欠
一团碎屑在拐角驻留片刻
旋转，聚拢，孤寂，消散
瞬间了无痕迹，宛若蚁群轻烟

咽下一腔苦思寻寻觅觅
怨恨狂躁和无法吐露的愤懑
都吞进胃肠，在心底发酵

2

一群自以为是的傻子驻足围观
一个悍勇的冒险者，一个衰人
以丛林作为掩护，且战且退
想象和尝试多种自残的方法

用十八小时走完一条史诗长路
王子与险境，妖冶女人，毒果
禁欲和反抗，装入纸袋的飓风
所有巫术搅拌后加入罂粟甜汁
忍受非人的对应性疾病发作

一个困厄的英雄就此诞生，迎接
一个心生怜悯的看客，庆幸者
侧耳倾听苍茫的渊薮发出哀号
在茂长的水草深处，怪石累叠
呻吟消失得无影无踪，苦恼

缠住阴晦不明的上半场

3

转场的灯一丝丝熄灭，碉楼
在俯视的清冽中渐渐冷凝
一点点消弭，水沫渗进砂粒
内部并不安生，叽叽喳喳

一夜梦境紊乱不堪，等待衔接
早餐变得索然无味百无聊赖
舌根的苦涩赖在洞口不走

整整一个白天都糟蹋了，只有
生殖腺体十分强劲地工作
燃料充足的机车吭吭哧哧
爬向弯曲老旧的铁轨，铁与铁
残酷的挤压和摩擦还能持续多久
靠声音去判断去忧伤去哀愁
度过憋闷和喜乐参半的日子

4

圆圆的小眼镜自负而又自恋
盯住枯燥艰涩的阴性故事
像撒盐一样添几缕阳光，照亮
一碗缺滋少味的汤，湿冷的气候
需要柔善的女性点燃书店壁炉
在小圆桌上冲出浓香的咖啡

暖意和噜噜声逐走不肯离开的
按常规运行的烦琐和怨愤
不得不依赖顽韧和坚持，吃苦
耐劳的身心，奔波于银行和讲坛
文明的拐杖撞击参差的街石
挽住一个命中注定的痴心伙伴

5

让最无争议的伟大雅歌入梦
开始一场短暂而又沉闷的旅程
去终生仰望却又不得进入的殿堂
窃取几块虚拟的基石，装入背囊
沉重压迫下的呼呼喘息让路人

侧目，熟视无睹或正中下怀

未来有多少人从这里借去一杯
浇灌心中的块垒，意淫者真多
这是芸芸众生修筑的永恒
这是屈辱中赚取的倔强和聪明
幻想一支自由而又狂妄的权杖
从我开始，从方寸之地出发
擂响无坚不摧的阴郁的战鼓

6

英雄在路上，经历狂涛与崇岭
七弦琴翻云覆雨搬动刀兵
战舰落帆，泊入黄昏的港湾

一场跋涉最终拐进爱尔兰街巷
化为一片片一节节琐屑的文明
钱币在汗手中传递，通奸的乐趣
由古莎草和羽笔记下，心领神会
设法原谅那个不能停顿的床笫
让最后的高潮作为终结之章
让焦渴的激越化作部落的构想

有毒的迷幻之果一旦吞下
英勇的桨手兄弟就变成了猪

7

那座海上宫阙的庄严和不朽
对应的野心缩微成不足挂齿的
离开极地稍远一些的中欧

它在两河文明一侧，古老小城
有不错的奶酪和茶，凄冷的雨
同样有名，炉火和厚呢绒很重要
幸福总是在对比中使人动容
那个不贞的妻子扮演的角色
从古到今大致如此，却也不可
混为一谈，此刻藏在阴影里
低吟浅唱，抹一点荧光口红

8

用最通俗的方法写下晦涩，用
直接的骗术套取规则和谋略

一百年后将有不招自来的证人
一些害怕贫困的失势者趋之若鹜
为一个沦落之人戴上桂冠

听，手杖声由远而近，再次消逝
这家伙视力差到不能再差

他看到的东西可真多，窝里横
张力的奥秘需要在时空中显现
用反复佐证驱逐虚妄的谣传
指认一条道走到黑的那位勇者
只可惜总是可望而不可即
他需要心狠手辣，口含苦食

9

弑父者启程时天色迷蒙，黎明
还在山后，猿声啼不住的两岸
一片浑茫，尚未升起李白的炊烟

这边厢的异趣和口音吓坏了
等待回程的西部后裔，他们
骄傲地端起抵御风寒的威士忌

与五十三度的透明液体对饮

听过长长的古歌和现代变体
身着长衫的古人赞颂迷你裙
长老帽子高耸，钟声沉重
寒湿的街区飞过一大群白鸽

10

一些心照不宣者结为松散的联盟
人人怀揣一个不言自明的约定
罕有其匹的冒险者以生命抵押
走入杳渺无望的漫漫险途

与巨涌搏斗，醉生梦死，海神
发出无情诅咒，遭遇独眼巨人
从此失去归期，滞留在毫无光荣可言的
昏暗不贞的俗腻之地，庸碌的睡床
堆满破碎的杂物，直至最后
呈与收纳一切垃圾的巍峨学院，那里

门楣镶嵌徽章，代代操练密语
使用二十四个时区的三十六种语言

11

一堆散页掩去多皱的鼓鼓额头
手中的凸镜镶了银柄，怀表
银链闪烁，礼帽下诡秘的眼睛
望向明朗清新的那道天际线

直白而危险的言说，戳纸的针
刺中隔世的孩子，可怜的人儿
他们会看到足够的忍耐和狂妄
却看不见无家可归的创痛和绝望
没人收留的日子无边无际，没人
施舍一粒欲望的口粮，衣食无着
只好做一个残忍无情的血花丐
恐怖而无良，最后把一切输光

威吓和梦呓，还有淫荡的咒语
一起装到幽深腥咸的坛子里

12

鱼的眼睛多么冷漠，真正的深目
连接未知的广漠和上苍的水体

沥出一些颗粒，那是多余的沙
上面有蠕动的活体，行尸走肉
堆成阴沉诡谲的灵智世界
这里有多少堂皇人物，肩章勋位
蓄起沉重的白须和剃个溜光的
享用了碉楼居客手中的器具
那真不是闹玩的，那东西一划拉
一切也就结束，诱人的血案发生了
呜哇乱叫的车子和警戒线拉起来

从另一个维度看这根本就不是事

13

那就请你从第四维进入界面
假如它真的存在，有古怪的六棱体
用高等学府诠释的几何原理
寻觅一根无缘的渡人金针，捏住
以外省人的地狱之音悄悄言说
高声讲述会被讪笑打断，不过
总有人不离不弃，他们以此证明
自己是道中之人，缪斯的嫡传血亲

一桩无头案浮出水面，一场
接一场的事发地被小心记录
呈上公堂，由大祭司合议，再
传递给十二次巡回的国际法庭

无比动人的辩护词被录制下来
输入庄严的卷宗并由恒温恒湿
电子监控仪和密钥去保护

14

关乎一种血统和文明的基因
延续的隐秘何其顽韧，必得
从女妖无可抵御的诡计中脱险
在盲人口中九死一生存活下来

独门绝技断不可湮没失传
让一个失意的郁郁而终者
细细打磨，度过极不情愿的岁月
留在阳间，再去阴间，未知之地

所有结局大同小异，这中间隐含
人所共知的神秘，它仍然关于性

激素和欲念，嫉妒和怜悯，还有
可怕难敌的十二指肠穿孔
就这样打发了一位欧洲奇才
熄灭了一道诡异超然的目光

15

这个世界既熟稔又陌生，像钟表
令人眼花缭乱的内脏，运转自如

他试图装卸它们，苦于无从下手
咔咔嚓嚓，无数的沟槽和隐幽
黑夜里游丝颤抖，神奇的咬合
他记下焦灼和窘境，荒唐过
颓废过，直到最后才打起精神
尽管有些晚了，天黑了，人散了

留下的大片空寂比什么都好
揉一下胀痛的眼睛从头开始
忍受退潮时沙子发出的嗞嗞声
自得其所，病入膏肓，宣布不治
不治之人抬入不朽之境，也就算了

16

申冤在我，于是等待报应
因为旷日持久，人间历法
过于繁琐短促，不守上苍规则
性急的人只好涂鸦等待，只好
将结绳记事的古法加些蝌蚪

泪水干涸时只有苦笑，向窗洞
抛一丝媚眼，留下聊胜于无的
一记异性重拳，没准也会原谅

最高处比预想的还要宽容，他
顶多在背上放置一枚尖刺
是的，从此受尽折磨，不再骄傲
他总有一天会喜欢这根尖刺

17

请借给一些火药，来不及储备
也没人惧怕阵发式的轰鸣，它以
一丝丝增大的惊愕和温柔撬开
世间隐秘，就像一开始就举起的

滑腻的手柄上镶起的刀锋
在突突跳动的颈上游走，年轻人
真可爱，他们的新鲜麦香味儿
一次次搁上早餐桌，抹上
果酱或奶酪，端起令东方人迷惑的
白瓷小杯，又苦又香滋味悠长

漫长平凡的一天照例琐碎匆忙
去图书馆听宣讲，不期而遇的情敌
带来轻微的厌恶和呕吐的想象
算了，亲爱的人儿总有不少瑕疵
一个准备长旅的人只顾向前

18

莽撞多情和虚伪诡秘的古希腊人
隐下风与水的踪迹，阴险沉重的
宫变，造船和流亡，丰腴的丽人
让伟岸英挺的男人一次次遭遇
不可抵御却又最终结束的冒险

怎么都是一辈子，巨人和小丑的
一闪之念，在危崖上引诱的目光

全都源自上苍，他怎可推卸责任
这不是一根小小的刺芒，而是毁灭
是后来那个不朽的圣手写下的
忧郁痛苦的王子，他的惊心一问
那句所有人都必得回答的质询

我们每天带着它，装入贴身口袋
踏着笃笃响的石钉路往前
路边全是不贞的窗口，灭灭闪闪

19

一些粗话终究无法避免，即便此刻
那句引而不发的陈词还是脱口而出
日子太难熬，火药嗞嗞响，引信
暗红色的火星在迸溅，布道者
还在喋喋不休，全凭高耸的屋顶
他离上边近，就有让人沮丧的权力

这种地方发不得火，那就去海滩
看惨白中缓缓演变的天际融化
积压了几千年的愁绪的硬结
大西洋的浩渺会教导世人

出奇的宽容和直截了当的颓废
会让童话变成谜语，单纯而高尚

是的，在老奸巨猾的庄园里
大伯爵为孩子写下那么多好故事

20

奶油的丝滑在峭岩和苔藓下边
王子已经陷入无可疗救的沉湎

后世的泪人儿可真多，声声叹息
直到最后释然，千回百转的危难
扼腕不已一唱三叹，殿堂庄严
石基下有一把宝剑，一件破衣烂衫
焦黄的食指翻不尽页码，凭它
就能刺激白花花的银子像流水
如果过于庸常，那就听隆隆炮声
死太多人，去墓地，这可不是闹玩的

苟且和悲喜连番接龙的后果
承受了比二流子更晦涩的命运
一切直接写上惊怵茫然的眸子

谁会在乎阁下的心绪和意愿
世上没有太多智者，都是经过伪饰
骗骗孩子，真正的好头脑是石头
它才足够坚硬冷峻，目睹星汉

21

沉默的代名词是石头，貌似平凡
屑末化为恒河沙，所有的沙，包括
伤心无助的布卢姆和斯蒂芬
这两粒并非石英质，浑浊斑驳
并不透明，粘在脚上，一再揩拭
最后归于浪涛推拥的浅浅一片

石头是千古不变的智者，它们
作为世界的额头矗立和傲慢
从不与平俗之物共情和交谈

这就是石头，被风雨洗磨敲击
在雷电下开裂破碎，无声无息
无呻吟无抗议，无色无味无迹
巨与微，喜与悲，长与短，集
大成者，被踏在脚下，任马蹄磕打

22

与情敌碰面的尴尬只是一瞬
好人儿受惠于那个浪子，如此
而已，她闷在心里的事可真不少
会在剧终时给所有人一个交代

她可真敢说，每一句都是大实话
是重复千遍的家长里短，凭此
收获一部迷迷瞪瞪的呓语大全
让傻子和装样的人说时候到了
就这样吧，再好的聚会总有一别

丝绒大幕徐徐落下，铃声响了
手杖戳戳点点的半盲人在一旁冷笑
他一直迷迷瞪瞪，好不了多少
只有一个人该笑，他不是人，不能
以人间常数去度量，不是同一类

第二章　口讼

23

他们不愿裁撤这份口讼，留给
轰轰嗡嗡的时间，繁衍一片嘘声
这里没有苍莽，却有野物纵横
只要有丛林，就有笼罩的文明

那两个致命的字从古至今
都能让人缄口，不再乱说乱动
管制起来，成为老实的四类人
从此没人敢于辩驳，归顺，服膺

人活着就有不成方圆的规矩
它比逻辑和律条更为坚硬
有勇有谋且不惧一死的大痞子
到处遗留穿越和牺牲的行踪
是的，这才是史诗级的报应

24

那个从未终止的老故事自有源头

它始于希腊的一个岛，因为阴谋

女人和权杖，诡计和甜酒

不得不组建一支船队，筏子和桨

集合起无与伦比的工匠炫技，大船

战舰，众桨手和风帆一齐努力

完成了最快的速度和最大的苦难

一路唏嘘，磨难重重有惊且险

更有流血背叛，阴招和缠绵

它们魅力无限，不论西东，不限古今

手握羽笔的吟唱者心领神会

连这种事儿都不懂的人，就不配

在碉楼上出没，这个廉租房

不会收容他们，让他们露宿街头

日不落那边的腥风苦雨可真难熬

25

后来出了个聪明人叫布罗茨基

一个西甯的诗人，善思未必博学
他有一句话令人动容，他说
对抗邪恶最可靠的方法是极端的
个人主义，异想天开，如果愿意
还可以走得更远，要变得古怪

东跌西撞的爱尔兰人真够幸运
他没有向东走得更远，委屈不堪
他看到了文明的伪饰和全部邪恶
忍受饥渴和欲望的摧折，苦痛
几欲无言，呼号极端极端极端
最后果然异想天开，真的古怪起来
额头眉宇目光礼帽全都古怪

那个茨基说得真好，另一位
东方的小诗人告诉数字时代
他的先生总以朴实随和遮掩古怪

26

这边厢也要如法炮制，孔子
失意的司寇，风光时诛杀少正卯
牛车马车的奔走，银杏树和路边餐

寥寥无几的弟子和寒冷的西北风

道不行乘桴浮于海的念头如同
西部的盲人诗篇，异曲同工
仍旧离不开惊涛骇浪的大海
还有子见南子，又是宫闱之事
女人和权变，刀剑和臣僚
史与书与诗与传唱，楚辞诗经
大致都在一个锅里一只筐里

他想让那场千古周游对应当下
一起在数字海洋里拼命挣扎
有人一再食言，批评那位小诗人
无所不在的比喻和说理，因为
比喻总是蹩脚的，如今已无理可讲

27

他无力也无法舍弃宏大的比喻
就像无法回避庸碌和现世的琐屑
委顿和羸弱，几欲脆折的时光
传到这一端，这根不敢轻弹的弦
随时都会绷断，一曲难终

诗心何去，恐惧和焦思开始泛滥

我也需要一支手杖，时常想起
那个可爱的骄傲的茨基，这小子
一语中的，活得不长，散射出
天才之光，他或许惦念一个人
那个目力稍差的南辕北辙的同行

整个循环就这样完成，时间紧迫
剩下的是消化积食，把电脑关上

28

渐行渐远的身影如同一个时代
不得已的永诀，这是心头之患
之创之痛，一种心结，一叶孤舟
何等凄美的英雄主义，到死都
不承认更雄健更无畏更繁华的诗意
会结在另一根藤上，成为瓜

死死咬住，不松口，如同垂死的
小而韧的古老物种，即圆鱼
那从不出恶声的抗争，坚执

卓绝和顽强，不曾喜形于色的憎恶
告诉与之分庭抗礼的另一方
具体方法是沿着固有的方向沉沦
无论堕落或颓丧，都是不屈的荣光
是风度，是绅士沦陷后的绝唱

29

晚上八点钟，主人被美貌深深吸引
沙丘和海滩上的尤物共有三个
一个是瘸子，然而多美，惋叹
这个世界有接连不断的遗憾，典故
都藏在褶缝中，只要勤奋耐心
就可能与它们相逢，在大经里
固有对应，这是无比微妙之所在
用东方半岛的俚语说出来更贴切
那叫好面子，倒驴不倒架

架子颇大，来自并不堂皇的动物
它善良温驯，一生悲惨，皮做阿胶
苟延残喘的呼哧还是被人听到
真是令人同情，这话他不愿听

30

这边的私聊是孤独的，在斗室
悄声低语，不说白不说，说了也白说
那些西装革履衣冠楚楚者市场更大
他们到处裁决，直到有一天遭遇
财大气粗握有重兵的土老帽，他
即爷，即大个头的海上老大
一开口就吓住栉风沐雨的海鸥
排山倒海的号子将一切覆盖

一卷繁杂的记事簿当值几何
生了虫卵的废纸夹带赃物
被那个汉子中的汉子双指夹住
扔到啃剩的鱼骨和鸡肋之间

一些日子失去，一些日子到来
东升西降的占星家满面红光
站在灰尘四起的街头一阵嚷嚷

没有主的人好比旱地草种

不会享用也不会发芽，仰望
一个朴素的保守主义者，诚实的
从圣地留学回来的人，笃信如一
进入了一个系统也就不再游荡
这样的人即便身无分文也算体面
最后的时刻异常笃定，平静坦然
穷得叮当响，却始终不谈钱
比如这几个才高八斗的人被怜惜
面对援助之手伸出又缩回
拒绝了油滋滋的银圆，富裕
从来与天才无缘，他们宿命般沉迷

编织老故事，在寒窗前遥望
伦敦的鸽子和多雾的天空
度过一天又一天，好运迟迟不来

32

这边还记得五斗米先生，老陶
在篱笆前的闲适和辛劳，类似者
分立东西，有一种明显的人格情怀

现代人不必和古人捉对厮杀，但是

我们不约而同想到了荒原先生
他的怪癖，大额头和涂青的脸
严谨的作风与虚弱的身子，咳病
折磨这位绅士半辈子，幸福来得太晚

这个人与雄心勃勃的喜主相识
受到了特殊的引导，于是不朽
不同处是他在生前享用了盛名
而另一个差强人意，没那么幸运
其中缘由不难寻觅，前者
下笔太满太凌乱，折行太少

33

算总账的日子终要来临，而今
只能是而今，我们还要如此面对
这么多行色匆匆，打发不尽的烦恼
仍旧着迷于所有难办而未办之事

怀着对异人的膜拜和天生的好奇
半真半假地钦敬和探究，好吧
大家全都一样，扮作金石家赶赴
一场免费的年终盛宴，结领带

这很重要，少不得持刀叉吃西餐
无论如何这是个全球化时代
数字的锁链把我们捆得又牢又坚
跟上那个古怪的家伙，他的脚步
尽快踏上一条捷径，万无一失
它源于那首不朽的古谣，真金白银

34

这条不长的回家之路过于乏味
让其更加乏味的极端与另一端
首尾相连，关于厌恶也是如此
智与反智的关系最为奇妙，躲避
等于好奇的极致，轻蔑背转的后面
所有无用的细节和疤痕都在
向固有的秩序证明和炫耀，直至
呆板的驯服者彻底沮丧

再次振作已经晚了，时不我待
一场操练即将结束，疲惫属于
整个世界，没有谁一直生气勃勃
包括星辰和秋天的红叶以及蚂蚱

令人不快的俚俗总是一语道破天机
它在说造物主定下的一个铁律

35

既然如此，所有的妄行都被原谅
正如所有的善行都可以接受
无所不包的繁殖求生的筐子里
没有一件东西意外和多余

这场展示不过是小意思，可也足够
让老实人惊叹和惧怕，好人真多
好人维持又毁灭，他们不让世界安生

狠下心不再做好人的顽皮浪荡鬼
总想找个人结伴而行，这事不难
随后跟上来的，大致衣食无忧
吃饱饭是大事情，为了一口饭水
也就不必瞎嚷，话不说不明
混世可以有许多方法，要认真
试验千万次，将大象塞过针眼
这个过程比结果更重要，大象
已磨得有皮无毛，只剩一口气

向下的耐心变成难以企及的高雅
陌生大于惊讶，口水难息
想象吃不到葡萄的模样格外快意

勇士娶刺猬为妻，新婚之夜的羞涩
窸窸窣窣的四蹄，可爱的小脸
千万不要过早留下腥臊排泄物
都知道多刺新娘是腌臜高手
红烛怒燃，此刻需要天大的耐心
是的，没有听错，这是非人的隐忍
一场史诗级的婚姻就此发生
一种现象级的记录就此落笔

为了不留一点差错，戴上眼镜
把烛火挑得通明，四野沉寂
无比华丽的盛典就在今夜上演

37

总而言之，长达十八小时的迁徙
离不开古希腊人扎起的青桐筏子

还有浇泼的大雨和无数危难
穿过风暴的多桨战船，鬼魂出没
最终在爱尔兰的面包店化为心法

一根渡人金针，小小的，如同
赤脚医生手中的草和那件法宝
三代雇农之子跃过龙门，去西域
追究番茄和胡椒种子的来源
征战之因分别是土地美女和调味品
口实最多的是义理和信仰，失义者
必得灭亡，王子也要失去权杖

重重宫门后面有泉与花，肥嘟嘟的
女子披挂丝路上驮来的薄纱
骆驼和船互换形影，它们俱为
王子手中点石成金的一支魔杖

38

一个人受尽苦难，野心长成蔷薇
沿厚厚的宫墙攀爬，赶在春天怒放
小小的花束只为庭内那颗芳心

因为沦落，也就格外渴望
一个颇有来历的浪子诉说血缘
未能褪去寒酸的衣装，寻找
所有的机缘显示高贵与不凡
穷讲究在所难免，要强调仪式感
长老困了，长老的胡须洁白如银
从一排蜡烛下走过，风琴声
如同旷野鹿鸣，久久伫立

指认的程序层层堆叠，险些
让瘦骨嶙峋的饥儿就地晕厥
咽下屈辱的眼泪，双唇紧闭
一切的症结，关键的时刻，风度
不言自明，一次又一次占了上风

39

预言苍生受尽辛苦，生存即为挣脱
折磨的内容与形式自然天成
欢愉和畅快只是短暂的幻象
只有生猛的痞子才能揭去伪饰

因堆积有年，曲折和角落真多

粗粗走一趟也要费尽时光，眼镜客
比一般人还要较真，不依不饶
遣散恶劣的心情，把暗处的敌手
一一干掉，兵不血刃，实在老辣

悠闲和忙碌让人无法黎明即起
洒扫庭除过于积极，懒散的智者
与荒淫的伙伴从来都是一对兄弟
这样的日子比常人过得更来劲
按部就班的傻子一旦缓过神来
什么都晚了，他们糟蹋了时光

40

旰衣宵食没什么好结果，无论
贵胄和庶民，都将一视同仁，欧洲人
慵懒的脾性和得意洋洋的小驼背
长长的周末和迟迟不愿收起的杯盏
埋藏了奇思和猫一样的爆发力

掏出怀表一看，妈的，凌晨三点
该办的正事还没开始，打起精神
使个眼色，今夜有太多迷迭香和酒

神情恍惚的时间超过了亚洲人
潜意识活跃的空间阔如宫殿
岁月的别名叫醉生梦死和懒洋洋
气宇轩昂的年纪好比冰凌，很快融化
不过也要小心头顶的冰锥，要命之物

谁没有被血气方刚的人伤过
谁就把生死予夺的大权交给嫩毛

41

斯蒂芬别有心曲，他在一条长廊
踌躇，好生失落，阴郁局促的心
时而舒展，博得老谋深算者一笑

这里的好日子需要这位年轻人
唇上一层茸毛多可爱，有人惦记
一块刚刚出锅的糕饼，热乎乎
搅动奶精的手戴了孔雀蓝戒指
真想一起去莎士比亚书店
女士们通常总是温良和善
好奇心是她们的专长，俄国人
宅心仁厚的契诃夫有句名言

说女人总是喜欢一些古怪的儿男

这真是一语中的，原理不过如此
阴湿的巴黎没有一处比这里温暖
此地将发生一个奇迹，在四十岁
生日那天送上一份难忘的厚礼

42

一场诉讼留在北美，判决尚未下来
可爱的老人们，还有他们的跟班
一起看守毛茸茸的小窝，目不转睛
把一个大逆不道的欧洲人看成老鹰

这种事太过有趣和刺激，正合我意
手杖敲击的节奏从未改变，仍旧
这般笃定和清晰，透着轻松
而且有效地遮掩了野心和贫穷

安得广厦千万间，这么多远虑近忧
煎熬古往今来，无边落木萧萧下
谁能想到一件朱红色呢绒披肩
护住一副提前枯槁的肩胛，像

得意的花花公子，波澜不惊，闲适
至少是一个玩世的中产阶级老油条

43

因为过分的狂和出人意料的野
他决定不用二手货，从人脸到语言
到一切情感符号，包括空气
从地中海吹来的淤腥过于古老
都柏林的风令人窒息，需要肺叶
层层过滤才变得差强人意，一张口
又是俗腔，又是讲堂布道的变种

只有私下闲聊的趣谈，话中有话
才有一点猥亵的生气，稍稍过瘾
都市的老物件太多了，古董店
一家挤一家散发腐朽的气息
恨不得用午夜的隐性火药如数摧毁
用铅网拖进海妖歌唱的陷阱

水的覆盖一旦完成，也就万事大吉
创世纪的故事离不开水，然后有光
凡事总有开始，是的，不要二手货

44

其实最大最幽渺的灾难和兴致来自
那个隐匿的浓艳水妖，滑腻啊
水族的华丽和无以言表的雌性
像一张大网笼罩了整个世界
唯一的方向在闪烁和爆裂，古代
一场热核反应发生在茫海，千年后
余波隐隐飘荡在都柏林街头
在某个角落寻索，眩晕，短促或漫长
耗去一个油腻男的十八小时
在最接近成功时突兀地终场

果然是一位女子以独语了结
死亡和极乐瞬间合而为一
所有乐器全部停息，只留一把琴
高亢细婉或风靡狂嚎，往上爬升
爬到至危的不可企及的高崖
一颗心提到嗓子眼，等待跌落

45

在危机四伏的欲海的漩涡

需要强健的桨手和友伴一起
划向庸众的深处，拼搏和挣扎
最终无法躲过巨大无匹的吸力

人与舟都被吞进腹部，剩下自己
前路仍旧是水，茫茫无际
纠集新的划桨人，斯蒂芬
青春的光泽就是买路的金币
攥住他的手就拥有了硬通货
那轰轰作响的洞穴和密林鬼魅
那换取时间的无可抵挡的柔媚

耽搁总是难免的，长长的延宕
用尽所有的耐心，色欲和帆
最具威力的火药受潮，炮口哑然

46

时间还早，天黑前进入海湾
阴晦无察的一角摆满罂粟和酒

何时才能醉倒，这一场豪饮
是命运的中转和对赌，风起了

战舰在峭岩下隐藏，等待月晕
风早已在纸袋中变得激怒和怨忿
伸开摧毁死者和信徒的无形之手
透明的网撒在铅色的天际下
终结与收获还要转过另一片山岬

父亲的牵引没有手势和声音
孩子的依顺和昏昏欲睡的灯火
总要找到一个家，女人和炉灶
甜腻的气息覆盖了大水的喧哗
终于听到老掉牙的声音，呼噜
由那只肥猫发出，她在迎接归来

47

屋里的痕迹令人生疑，王座在
虚位以待中沾上处处污迹，一些
油腻的手摸过，并在梦中拥有

凡是阴风玷污的花都要折掉，凡是
浊手动过的裙裾都要剪除
忍让和泣哭的母亲在焦渴中诉说
唯一的儿子被海水送到彼岸

他会携回一把利剑，将父王的仇敌
斩落在大水沧沧的深渊，将
环绕四周的荆棘和玫瑰一并斩断
在新草地摆好陶杯，注满酒浆
度过默祷和纪念的第一个夜晚

那个在大街上游荡的爱尔兰人
嗅着家的气息心生疑窦，情敌的
憧憧黑影像鬼魅一样围拢和退避
日月的秩序在缝隙中归置，再次
紊乱，一切不过如此，坐下用餐

48

斯蒂芬一直寻找父亲，想要一间
可意的居所，一道异样亲昵的
男子的目光抚慰，端起热饮
历尽沧桑者隐藏了嫉恨和欲念
穿上体面的雪花呢西装谈生意
说服那个顽固的报人，应付
下一程的倒霉鬼，自己和浪子
两个同病相怜者，相互捉弄和成全

只有飙高音的女人自命不凡
在千钧一发时倾吐满腹怨言
退潮的慵懒中泛起层层白屑
留下寄居蟹忙碌的踪迹，钻出
洞穴，在炫目的风与光里奔跑
发出人所不知的大声呼告，世界
如同婴儿一般新鲜，像刚出炉的面包

49

碉楼里只剩下两个人，他们
苦心等待的故事被涨潮淹没
无边的泡沫是奥德修斯携来的
世纪垃圾，英雄和大盗的口涎
是仍旧称之为海洋的咸液
是不倦的苟活和即兴的巧辩
它从诞生之初就变成陈词滥调
没有新生儿，只有蜕化和苍老
层层伤疤和结瘢，堆积和冲刷

垂垂老者将头颅挨紧少女
吸吮未来的乳汁，紧闭枯目
心头闪过一笔紊乱的收支账

像锁链和虫卵一样密密麻麻
地狱之火已经炽烈，如同岩浆

50

一路种植莳麻和花朵，罪孽之籽
撒在曼陀罗中间，收获刺球
熬制止痛的浆液，准备哲人最后
离开城邦的日子，他说双脚凉了
弟子开始泣别和亲吻，长袍汗湿

东方圣人吟唱梁木倒塌之歌
声声盈耳，加紧编纂不朽的遗篇
盲人和半盲者抚摸琴钮和羽管
颖悟与记忆超人，以风为马
奋力鞭打几个世纪的接力
仔细记录出走的故事，女人和海
海一样的情欲和难分难解的杀戮
饮用毒芹之前的激越和后来的倦怠

悲剧总是感人，它常常来自喜剧
荒诞故事和冷幽默掺杂其中
谐谑的高手和猥亵的行家一起

登上堆满桂叶和勋章的殿堂

51

从一道窄门进入，蜿蜒而行
粗粝与细微的风景后面有嘘声
怒吼和温柔的泉，人所共知的奥秘
王冠化为风帽，权杖是一支拐
没有巨蟒的丛林等待吞噬
楚楚衣冠掩去阴险与狡诈

漩涡在街角后边，雄狮在屏风下面
昔日的山海巨妖扮成流苏垂荡
在妖娆和悠闲中魅惑一位
失意的少年和心有不甘的中年
他们相向而行，一起做了桨手
接受生冷沉重的盔甲和长矛

这一路没有西班牙人高矗的风车
只有长长的石钉路和咖啡馆的灯火
因为耽搁而未能按时抵达，滞留
回返和归去，被混乱的梦境缠住

52

让我们结识一个有名的坏孩子
发小的泼皮和浪子，恶作剧者
穿开裆裤拜见皇族和妃子
拾取独枝玫瑰轻轻一嗅
亲吻女子手背，忍住阵阵呃逆

晚餐吞下整条猪蹄髈
喝冰酒，拭唇，吃一点鹅肝酱
若有若无的乐声飘来燕尾服
端起苦茶，太酽，谢绝加糖
一颗躁痒的心失去狂野，浸在
爱琴海边的一个浅湾里，历经
十年漂泊，忍耐无尽的絮叨
厌烦所有假模假样的宣叙长调
在大幕拉合时吐出一句牢骚
没人听这一套，只记住洋蓟的味道

53

最不可抵御的是那些岛屿
发出的魔音，伸出透明长爪

水母一样的吸盘和滑润的纠扯
每一片光波上都有媚眼闪烁

碎银和玻璃做成的心，如同
一个脆弱的老人被强制抒情时
咽下的一汪苦水，饶了我吧
你妖娆的名字将被铭记，两位
凄苦的欧洲弃儿煞有介事
在阴暗不明的街巷踟蹰，喝下
呛人的西北风，它们无孔不入

身边的陪伴者成了救命稻草
怜惜能够让人苟延残喘，能够
对雪利酒指指点点，来一番评判
他与惆怅的少年前世有缘，全靠
另一位不幸的男子强拉到一起

第三章　回家

54

当年的长短句像苦命人一样游荡

居无定所，梦不到未来的殿堂
文明的权杖压迫一片大陆，延至
更遥远的国度，黄鹂不再声张

哑喉者在仇谤和绝望中以酒浇愁
写下自戕的诅咒，对酒撒溺之快
愤愤不平的小心灵燃烧起来
蔚蓝的火苗颤颤抖抖燎烤吊壶
水终于开了，大家开始茶饮

从此掀开新的一页，败家子胜了
聚集一群小伙伴，黄口迷醉
他们在路上，在路上，开一辆破车
他们在路上，在路上，边走边唱
从西方到东方，憋坏了太多膀胱
我最先奉上祭坛，流血的羔羊

55

比呓语更呓语，比无聊更无聊
割下无赖的胡须，献给迷惘的国王
向下的快乐谁能拒绝，绷着太累
他首先在金碧辉煌的大厅里认夙

他亲手为逝去的游魂诏告追封
那一刻天地静寂，万物枯死
耽搁一瞬，不，延宕了好一会儿
才爆发出世纪的狂欢，这就是权力
蕴含的神威，它原来依仗卑微
凭借怨愤之力，然后借力发力
不幸者以不幸为饵，权贵者
以奴隶的血浇灌广漠的田园

欢呼震耳欲聋，只有一人阴笑
这个人穿了红色西服，留小胡须
孙儿歪头看他，一双诡秘的眼睛
有人说，天哪，这家伙聪明绝顶

56

所有奇迹的发端都极为相似
那是难以为继的困顿和徘徊
在晨昏颠倒和衣而卧的窘迫中
残留一丝游魂，摸索着爬起
摔破罐子，比谁摔得更响更起劲

这是一场迟来的摔破罐子比赛

胜者自己也是这样的罐子
他们从不惋惜更无畏惧，他们
最后失去的只有一条锁链
于是他们体面了，胡须打蜡
翘起来，有模有样，向那个
伟岸的真假盲人致敬，举手至耳
停留足够长的时间，掌声稀落

没有多少人看破，这中间奥妙太多
我歌唱爱情，我歌唱原野，我喜欢
那些亘古传唱的老歌，我永远
不把隐秘说破，从此嘴巴上锁

57

命定的王子总要归来，换了衣衫
啃食过土人的果子，不再拘谨
从头来过，那一杯辛酸和屈辱
让我们共饮，端起沉重的金杯
君臣如仪，好戏演得一丝不苟
最重要的还是妃子，女人，妖歌
从此可以听个不休，再无忌惮忧愁

谁还记得离家小子，他的模样
谁会驳斥王后奄奄一息的允诺
她的贞洁之躯在黑夜几度失窃
她的音容消失在亡灵的视野
她的不朽化入传说，她的酥臂
在大声宣示中早已变成泥屑
记忆在苦吟中，在讨要的口水里
由一餐一粒串成，断断续续

58

废弃的碉楼和自得其乐的男友
怨怼与温馨的生活，来来回回
摸摸索索，像鼹鼠掘穴般快乐
它们的眼睛并不重要，它们依靠
完美的嗅觉和触觉，油黑的皮袍
令皇后垂涎，那个丹麦人真会说

无限曲折的洞窟谁能穷尽，谁在
阳光普照之地指手画脚，谁就是
活在四维空间的异人，终生无缘
一夜无话，两不相扰，分床睡去

我们一大早唱鼹鼠之歌，小翻掌
舔得通红锃亮，我们唱啊唱啊
我们就是黑暗中的快乐国王
在未来的日子，在杳渺的国度
必有探险者光临，赞叹惊艳

59

冬虫夏草的变身术惊呆西方人
像传说一样乘筏渡海，东风
扩散得无人不知，来自宽额头
那个圣人的故乡，他们棋高一着
让终日忙碌和无所事事的人
让吞咽寒风竖起衣领的一位绅士
体面的良人，不贞之女恋恋不舍
过上更好的生活，改爬行为茂长
充分依赖露水和松软的土壤

绿植与报纸无关，与广告无关
从此不再关心生意场和图书馆
他们宣讲莎士比亚，他们啃食
火腿和面包，他们去墓地送别
四月是残忍的月份，生父之友

吐出一句金玉良言，位高誉隆

60

不知为名誉还是自尊而战，拐杖
如同长矛一样从不离身，戳向
冷寂的长街，发出单调的回音
矜持，彬彬有礼，遵循古礼
酿造一杯醇醪，献给死不瞑目者

狂野的心泼辣无畏，弑父之勇
藏在不苟言笑的面具后面，没人
察觉，他们以为遇到一只可怜虫
冷漠地看它蠕动，缓慢而又危险
凉风习习，无趣，看两眼走开

听过化蛹为蝶的故事，听过
隐忍和飞翔，那就打住吧先生
翩翩起舞的晴空下没有他的席位
有多大本钱做多大买卖
他将一直待在邋遢之地，位卑人微

61

一代代叙说远游的光荣，两耳生茧
那么多关隘和激战无非是男女间的
老故事，再加一点妖怪和油盐
只有傻子舍弃长夜，温柔之乡
只有莽汉迷恋崇高，血洒疆场
没有矛与盾的撞击，头盔滚落
草芒染成绛色，就没有高耸和宏阔
没有大理石的穹隆闪烁一片金色

咱们去分一杯羹，时间已经不早
钟楼的影子就是日晷，是否踅入
全听兄长，不，全听父辈一句忠告
这里是荆丛和壕堑，分得一餐一饭
屋角蜷卧的是猛虎，毛皮斑斓
兄长只是一位谦卑的时光仆人
一身盔甲这般柔软，滑溜光顺
却能抵挡袭来的锋刃，让风
吹进口袋，不经耳轮，不必入心

62

我就是虚拟的英名，在街角
撞见世纪的挚友和恋人，他们
眯上迟钝的眼睛，可爱而又愚蠢
我就是，我双唇蠕动，险些吐露
惊天的隐秘，说破英雄惊煞人
巧借闻雷来掩饰，太过笨拙，别了

顺路拐入小店，听醉酒水手瞎扯
搏杀和沉船，海盗和帆，死亡
无非是鄙人正在经历的庸常
我们走吧，我们等不到灯火阑珊
婆娘的抱怨真够烦人，浑身散发
石灰酸的怪味，过来人不妨直说
身边是这样聪慧的孩子或小弟
我们走吧，弯巷后面是马具店
那里有个捎带割鸡眼的家伙
忙碌之间，海岬划来偷袭的船

63

一群无耻的求婚者围住王后

她慵懒高傲，偷偷约会歌手
不，她是歌手，对方是花花公子
回应和平衡的方法就是留一手
给女打字员噼噼啪啪写情书

潮汐正在起变化，老王深夜说道
凶险与豺狼四伏，夜声如潮
泡沫破碎的声音让人心惊肉跳
一场绞杀开始了，胜者施以先手
结局人人知晓，征战尚未停息
日常有鲜花也有刺球，耗子
最怕那东西塞进洞里，老王笑了

世上的大学问就是在合适的时间
塞入合适的刺球，或其他东西
阻断逃路的攻略万无一失，绝无
百密一疏之憾，百发百中
老王发出慨叹，天亮入睡

64

在水边，在阔大书房一角展读
才会了然，醒悟般合上纸页

天才的杜撰，将一个古典英名
默念三遍，探望盛开的紫罗兰
从此得知谶语常被谎言遮掩
砾石和泥土缝隙夹带玉粒金钻
不忍卒读，诳言淫语，废话连篇
痴人说梦和游民遗落的夜壶破伞
都要小心检视，万万不可等闲

那个一文不名的浪子半路吸上了
躲进昏暗小屋扯出一卷电报纸
不眠不休咔嚓了几个通宵
给当今绅士，所有衣冠楚楚者
扎针放血，世界害了热病，物欲
将人埋到脖颈，发出垂死的谵语

一针下去，打赤脚的毛头小子
先狠揍一顿，然后夸他真棒

65

他跟定精神的父亲，心生依恋
他原想寻找血缘，那条神秘的
亘古不变的牵拉，使其惶惶不安

巨大的阴影拖得很长，像一座山
多少人因它的倒塌而被活活埋葬
多少不幸和哀伤，多少孤儿

母亲同样可怜，囚于密闭的巢穴
梦见一条大船，令人胆寒的战舰
唯一的儿子还在海中追逐
一次次邂逅全是扯淡，太阳落山
父亲盘算钱，满脸羞红的打字员
抚摸乌发，拍拍肩，再次向前

居所的摆设已被轻轻挪动
天才的眼睛洞察秋毫，老旧的
市区，所有的人和事也都老旧了

66

在震耳欲聋的激流里奔走
衣兜里是油滋滋的一点盘缠
伸出和藏起的手有两种，枯或黏
分别用来轻轻抚弄和狠狠抓取
干瘦如柴的手比什么都狠
绵软的小手好一点，露出真颜

以革命的两手对付反革命的两手
专门伺候老兔子王，给它烟抽
它最爱德国三炮台和中国云烟
吞云吐雾咳嗽连连，大人曾国藩
因为害人的鸦片，毛子挑起战端
西印度公司功过相抵，不是好番
从那时起贩卖意识流，费去老乔
半生积蓄，手头拮据，度日如年

67

那桩延迟的婚姻太长了，典礼
险些拖到最后，总算圆满
循规蹈矩的张力归功于老派人物
无论多么荒唐都要领取执照
不可无照驾驶，总要有模有样

沾血的前一刻还是谦谦君子
举世闻名的好人，羞涩的杀手
账簿端向公堂，未来的法官个个肃穆
都是饱学之士，戴了吓人的发冠
传唤解剖师，听取证人和证言

这是人世间最长的讼案，没有
终结之期，只有流水般的宗卷
原想在拜占庭、希腊和东方结案
终究还是白忙一场，还是不了了之
主犯胡吃海喝，过得潇洒堂皇

68

掩卷而思，惆怅和激愤淹没午夜
忍不住唤醒恍惚易怒的小诗人
听一听缓缓苏醒的智慧和暴脾气

遥远之地有些微小的跳跃
那是激活的灵，像水波和晶体
像月光照亮的世界，而这边一片漆黑
荧光下看到的全然不同，阴郁
会葬送我的柔善和仁慈，痛苦
会笼罩我的清晰和明鉴，缄默
不语，倾听精细的深处金针垂地
捡到一只小手里，开始慈悲渡人

我们用一个通宵打发这些劳什子

我们倦了，黎明前睡去，还梦见
那个人，那场宏渺浩瀚的交谈
是的，影射和俚语，西方知识大全

69

鼩鼱似的小眼睛格外尖亮
因为生存的粮秣无比重要
文明的仓储无限斑驳，种子
等待入土，萌生新的田园

好事之徒代代不绝，格外有闲
战事之余远离苦痛，折磨来了
相互磨损就是生活，它们拆开
就是日子，前提条件是要记住

遗忘是最大的浪费，针头线脑
逼人的口气和拐角的溺痕，一并
记上备忘录，其余不必多虑
上苍应允的，没有一件多余
有人宁愿闲逛破烂市，也不愿拆卸
钟表内脏，那些小轮子该交给傻帽

70

凌晨时分才发现走错了方向
又一次撞到守夜人简陋的大床
老头看护草料场，睡前沽酒
因为打扰的愤恼，嘟嘟囔囔
他因丽人而身陷牢狱，来此地
屈辱度日，了此残生，隐去姓名
没人知道白虎堂之变，还有林冲

天哪，所有的丰腴，丽人，名猫
都会化为灾殃，千万别忘启程处
那个岛上闪过的血光，复仇者
由此上路，往返于命定的屠场
自古的歌者食不果腹，仍要传唱
头顶桂叶，乞讨为生，无冕之王
来往于街市和殿堂，迷惘的职场

71

骚人能够颓唐，就成为现代之王
天问出自屈子，一副不改的衷肠
机声隆隆粉碎皇帝的新装

一千零一夜功成，人们不再正经
以千为纪的时光总会让人聪明

办大事须携上无所不包的骚篓子
里面应有尽有，鹅毛笔和鸡眼刀
还有罐头装的沼气和欺世大言
蜱虫水蛭和假肢，几只死耗子
大享用者由轮椅推出屏风
他因无聊死去三次，他拥有一切
只喝萱草花上的第一滴晨露
只吃蝎子肝和小蜜蜂的里脊肉
一双枯眼阅尽人间春色，再次睁开
要看馊臭的芬芳和泣哭的蝈蝈
狐狸老婆的粗尾巴和一车嫁妆

72

离那个规定的时间还有十分钟
回家时正遇到鲤鱼打挺，酸腐气
夹带微微狐臭从腋下溢出
美妙总是过犹不及，反之同理

市长中意的物件，一市之长

还有风流小子，发油差得太多
最内向最喧哗，最羞涩最聒噪
雌雄合体的人儿实在难觅，他们
小腿绞绊着迈入，贱内高兴了
好好享用这一餐，以身示范
好比那个东方圣人沂水吹风
太严肃了不好，上苍不喜欢刻板
好孩子太多，新世纪不颁通行证
你不要太乖，尽可随意，请坐

73

茶棚中的密谈是敞开的，水手
在一旁喝劣酒，我们只要咖啡
霍霍响的马靴，粗人最有趣
活得太精致会有麻烦，烦恼自来

一位熟人的太太大咧咧
美丽贤淑嘴巴很大，勾人的好手
不知道谁有福了，这年头的战争
在壕沟里吃压缩饼干，无所不谈
死亡很近，又像月亮一样遥远

猜猜我有多爱你，使劲猜，孩子
说出来会惊掉下巴，掉链子了
没事，涉世不深正是你的长处
唇上茸毛可不是随便长的
我真想在庄严之地骂一句粗话
让他们陡增敬意，从头聆听

74

一条好腰带派不上用场，就好比
锦衣夜行，我要出示镀金钳子
牛皮可不是吹的，老族长所赠
如果比中产阶级高一点，又在
一些富豪之下，该庆幸还是沮丧
找个好人儿没问题，骚唧唧的

她们都是过去时，我说俱往矣
全部奥妙，天体物理，受虐有理
这是一卷长长的历史，与爱有关
但关系不大，主要还是受虐两字
需要编写 一部词典，让高深莫测者
出任主编，你我给他张罗打杂

时光不早了，店家接连打烊
伙计们哈欠连天，吹灯拔蜡
两个无家可归者模仿流浪王子
派头无人能比，举止难掩清贵

75

做百无聊赖还是穷奢极欲之人
它们其实是两姨兄弟，一对表亲
一路说得太多，嘴巴渴出铁锈味
三人行必有我师，现在缺一人

无恶不作的老好人藏在背后
把我们当成牵线木偶，老近视
谋略家，罪有应得，有些女人缘
一度也是天天倒霉，没机会

聪明人总把同情当成一手好牌
他早晚得赢，或者已经赢了
输掉的只有得意的男人，记住
那个捉弄人的刀笔手，他欠揍
一辈子自视甚高，傲慢，捉襟见肘
这个赌徒比陀思妥耶夫斯基

笔下的人还要狂妄，冷血和阴鸷

许多人走运，却不是他的对手

76

留恋的街灯一盏接一盏熄灭
温煦的窗口还在犹豫，一扇打开
等待那架有名的乔叟的梯子竖起来
好戏上演，屁滚尿流地跌落
时不我待，走吧，路特别短
好比即将终结的晚宴，分手时
我们不说再见，可以行贴脸礼
陈旧的巢散发鸡粪味，幻觉
有人等候总是好的，光棍们苦了
知足常乐的人怎样过好每一天
这是大学问，寸土寸金有惊无险

王子总要赢的，翻过苦难的大山
就会看见启明星，饱吸一口新风
那些小鸟醒来时，正是他的黎明

77

鱼肚白涨满晨雾，群岭荡起潮涌
又闻桨声，阵阵呼号点点帆影
这场孤注一掷的演奏已近尾声
这首绝望之歌唱到此刻，小号手
尖亮的独音窜到穹顶，震碎吊灯

没人惊呼，屏息静气，憋住
一口英雄气，看奇迹往上爬升
金属的光泽照亮整座大厅
金色逼人，睁不开眼睛，就在
倏然滑落的一瞬，一双大手伸出

波涌发出轰鸣，这般浑厚雄伟
比大河宽，是凯尔特海和爱琴海
相加的辽阔，平涨，淹没洞窟
真够来劲，疯狂，高潮留在最后

2023 年 3 月初稿
2024 年 3 月二稿
2024 年 5 月三稿

附录

学诗笔记

真正弄懂和理解什么是"诗"，需要经历漫长的阅读与文字训练，在读"诗"写"诗"的曲折坎坷中摸索体味，以进入超越和思悟。可能这一切存在于生命的深处，既是本有的一种能力，也会在某个瞬间得到神启一般的领会：哦，这是"诗"，原来"诗"在这里。可这感知又会稍纵即逝，"诗"又不见了。一行行长长短短的句子、押韵或无韵的句子还在，可什么是"诗"又模糊起来。我们读"诗"的时候，面对一些参差错落的句子，怎样寻觅印证？即便是一首"诗"，它本身，又何以证明自己是"诗"？

我们可以说什么不像"诗"、不是"诗"。我们也可以说什么好像是"诗"、什么就是"诗"，是好"诗"或不那么好的"诗"。较真地说，讲清到底什么是"诗"，是十分费力的事。"诗"太难界定，尽管我们许多人都在写"诗"，尽管书店里有一本本"诗"集，甚至是烫金点银的"诗"集。"诗"通过印刷的方式保存下来，集中起来。可是我们要从中找到它们确凿无疑的身影，像面对一个实在物体那样指出它的显在位置，还是非常困难的。"诗"只在感受之中，无言之中，那往往是一闪之见，是短暂的开启，要固定它留住它，让它一动不动地待在原地，实在是不容易甚至是不可能的事。我们试图通过词语的方式将"诗"加以固定并锁住。具体方法是写下来读出来，最好是写在纸上，以这种方法让它成形。因为凡事物只要有形也就可观，可以传递可以交换，互通有无。

似乎只要是现代自由诗，就可以获得一种豁免权，怎样都可以；似乎"现代"或"后现代"，庶几等同于无厘头和游戏，等于现代汉语的一次破碎和毁坏。至于其他，比如怎样建立和重组，怎样赋予心灵，暂时可以不管。

可以莫名其妙，可以皇帝的新装，因为无论怎样都属于"现代"和"后现代"，属于它的一部分，是它的题中应有之义。它的边界如此无边无际，也就允许任意挥洒涂抹。说白了，这不过是另一种恣意、荒诞和胡扯。作为一个问题的严重性，并不是我们今天的国人才感受和忧虑的，而是更早，是从现代自由诗的发源地那儿开始的。既然如此，那么今天碰到的就不是什么新问题。

"纯诗"这个概念是伴随现代自由诗的成长而出现的。在汉语诗学里它是一种相当新鲜却又早已存在的意涵。古风和律诗中就有所谓的"纯诗"，它通常指与一般的叙事诗和记事言志诗不同的部分，如相对隐晦的语义和多重诠释的空间、复杂而精微的审美指向。它在很大程度上排除或舍弃了讲述和论说的功能。这与舶来的"史诗"及大部分传统诗作是不同的。

现代自由诗的方向是"纯诗"。若非如此，诗的意义就会被其他文学形式取代，如小说、散文及文论等。但唯其艰难，芜杂也就难免，如皇帝的新装、阅读上的不可承受之重等。

现代自由诗，汉语"纯诗"，用频繁的折句寻找和控制速度和节奏、坡度与亮度，固然成就斐然。但如何与汉诗传统照应和对接？如果犹如古律的相对齐整的句式和朗朗上口的语感犹存，那么是否可以深入研判其平仄和韵脚、对仗和赋比兴，探寻它们今天的功用？这里当然仅就形式而言，但诗的形式一定直逼内容。拗口之诗，无论意旨多么高妙，似乎先自失败了一半。套用一句时言：现代自由诗的汉语淬炼永远在路上。

"叙事"和"伪叙事"，这在诗中是一次次博弈。它们二者相互借力，通向的却非同一个目的地。这是至难之事。这有点像古诗传统中"兴"的功用。"兴"之所言也足够具体和清晰，但实际上在引出"他事"、服务于"他物"。这种情形尽管在其他现代叙事体裁中也很常见，但诗毕竟是大为不同的。超过千行的"纯诗"，对"叙事"因素能否强力排除，当是其成功与否的最大难点和要点。

诗行在触目的瞬间必要完成一些任务，而另一些任务则要留待后来。它的"世俗""通俗"与"繁复""智性"同样重要。在轻轻的触感里，在深沉的领悟中，获取之物当是迥然有别的，但二者最后一定会相加一起。诗最起码在这两种功能上，是绝不可以丢分的。

只要以君临"纯诗"的心态和方式走近它，一点都不难读。这就像不能以听通俗歌曲的方法去欣赏一场交响乐的道理一样。我们一再说到"通感""联想""直感"之类,但这些能力,仍然还要依赖一个人的生命经验,包括他的人文素养。生命情怀与诗路相接,这里别无他途。所有概念化的诗解,一定会阻碍"纯诗"的进入。所以,放弃成见再读诗,这是十分必要的。

野蛮与文明都是墙,不同的墙,却会从不同的方向隔开神秘的诗意。固有的认知方式和认知能力解决不了诗的核心问题。诗的存在价值一直不能为其他所取代,其原因也正在于此。"诗"与"诗意"不同,"诗"是极为凝聚的核心之物,而"诗意"只是它的投射范围。"诗"不可以直取。人不能无限地接近诗,却要一再地、不间断地做出这种冒险和尝试。诗的魅力即在于此。

诗人以诗的方式,即最晦涩难言的方式,去处理全部的历史与哲学问题。这是一次无测的包容和触摸,那种分寸感只有"进行时"才能有所了悟。所以一旦离开了这个"进行时",一切也就无从谈起了。诗的奥妙可能就在这种离场与入场的间隙中,灵光一闪。

我们由此想到了一句名言,那是美洲诗人路易斯·卡多索·阿拉贡为"诗"做出的定义:"诗是人类存在的唯一实证。"

没有"诗",人类用什么向宇宙的主宰者证明自己的存在？作为一种独立的，哪怕是拥有微小的独立的个体，只有"诗"，才能提交一个证明；而且，这真的是唯一的实证。

如果有人仍然认为这样论"诗"太过虚幻，还需要更加具体，那就只好回到实体的比喻。它神奇的力量、不可言喻的似微而巨的神秘，是否可以比作镭、铀、钋等放射性物质？即便是极小的体量，却有难测的巨能。是的，我们知道它的双向之力。人们都知道那位著名的物理学家居里夫人，知道她的勋绩和故事。她为了研究放射性元素镭和钋，过于接近它们，最后受到了致命的伤害，指甲全部开裂流血，生命垂危。因为这些特别的放射性物质是不可如此接近和拥有的，这是生命所不能承受的。人类可以发现和感知它并使用它，却不可以切近地占有。对这类物质，人类始终要与其保持适当的距离，有一个恰切的安全半径。不然就意味着夺命之危。那是一种放射力，被其笼罩即等于吞噬。从绝对的意义上讲，所有物质都具有放射性，但须使用极敏的仪器才能读取辐射值，它们大多都处于安全的范围。

如果将"诗意"喻为探测到的辐射值，那么离"诗"这种放射物质越近，其辐射读数也就越高。当探测仪的数值达到至高，发出尖利的报警声时，我们离那个放射源（诗）也就很近了。一般来说，没有特殊的防护措施，那种物质是无法挨近和簇拥的。对于它，只能在小心的寻觅中一点点接近，在一个适宜和安全的最小半径内与之发生关联。有时刹那间、偶尔地暴露在它的射线之下，也十分危险。"诗意"饱和浓烈，抵达一个临界值，我们称之为"诗""纯诗"。这仅仅是一个方向和距离的问题，这种探测可以称之为"诗学"，是文学研究需要解决的根本问题。

"诗"所具有的这种巨大"放射"性，真的犹如镭、铀和钋，其裂变聚变力相同，对于生命个体也一样危险。所有艺术的核心都是"诗"，都要依赖它的强大放射力。无论是戏剧、小说还是绘画、音乐，尽管表达形式和呈现手法不同，但核心都为类似之物。人类感知它，利用它的能量，却不能无条件地走近这个核心。凡·高无限接近，最后整个人疯掉了。莫迪利阿尼这位二十世纪杰出的艺术家狂放不羁，走进自己不能承受的辐射半径之后，终止于三十六岁。保罗·策兰，犹太裔诗人，在"诗"核之剧烈辐射中自尽。他生命的最后诗章，读来有一种精神上自理和不能自理之间的异样感。唐代的李贺终止于二十七岁（一说二十四岁），俄国的叶赛宁三十岁，当代的海子二十五岁。历数起来名单很长。

古今中外多少年轻的生命，终结于超越自身抗辐射力的半径之内。向着"诗"的核心无限接近、再接近，最终无法承受。类似的诗人和艺术家，宿命般地奔向那个致命之核。世人每每认为他们已经到了疯狂的边缘，事实上真的如此。这样一种时刻，通神之思已距核心最短。有人会讲，人类历史上有一些大艺术家，像李白、杜甫、但丁、雨果、歌德、托尔斯泰等，他们为什么没有疯掉或早夭？也许有些生命更为强悍，属于抗辐射超强者；也许他们像今天那些操作放射器械的人一样，穿了防护"铅衣"。

所有比喻都是蹩脚的。可是舍弃比喻，就难以言说"诗意"和"诗"的关系、"诗"的本质。依此推理，"广义的诗"如朗诵诗、叙事诗、讽喻谴责诗等，离那个辐射物的半径相对较大，它们一般不属于"纯诗"。我们现在讨论的是后者。